KB198826

컵케이크 무장 혁명사

컵케이크 무장 혁명사

박지영 장편소설

교유서가

♕

– 왜 혁명이 이 모양이 되었을까? 내 탓일까?

– 아니지.

– 그럼 자네 탓일까?

– 물론 아니겠지.

– 그럼 그게 사물의 본성인가보지.

_ 영화 〈당통〉에서 당통이 로베스피에르에게

차례

프롤로그

세상은 매일 더 나빠진다. 그 나빠지는 세상에 일조하면서 나빠지는 세상을 비판할 자격이 있는 양, 멀찍이 물러서서 팔짱을 낀 채 고개를 젓는 게 내가 세상에 보낼 수 있는 최대한의 선의였다. 베티에게 오랜만에 연락이 온 건 그런 날들 중의 하루였다.

"그 기사 봤어?"

우리가 함께했던 그 실패 이후, 아무에게도 연락하지 않고 개인정보도 남기지 않았는데 몇 년 전 베티가 어떻게 찾았는지 내 페이스북으로 친구 신청을 해왔다. 그녀는 여전히 베니의 흔적을 찾고 있었다. 해외 자원봉사를 다니며 어디선가 베니와 마주칠 것을 기대한다고 했다. 여전히 꿈을 꾸고 있구나, 했더니 베티가 웃었다. 몽상가는 되지 않으려고 했는데 결국

몽상가가 되었나, 중얼거리면서. 그리고 우리는 1년에 한 번 정도 서로의 근황을 나누는 사이가 되었다. 베티는 그후 진짜 프로 몽상가가 되어 얼마 전에는 악몽을 그린 두번째 일러스트 책을 출간하기도 했다. 그 두번째 책 때문에 베티는 오랜만에 한국에 들어와 있었다.

"설마, 아니지?"

"아니야."

내 단호한 대답에 베티는 안심한 듯 전화를 끊었다. 베티가 구체적으로 말하지 않아도 그 질문이 무엇을 의미하는지 알 수 있었다. 얼마 전 있었던 인사동 화재 사건, 덕수궁과 인사동에 불을 지른 남자의 기사를 베티도 봤던 거겠지. 베티에게는 아니라고 했지만 나 역시 소식을 접한 순간 베니를 떠올렸다. 나의 단호함은 의혹을 감추기 위해 결백을 과장하는 연기에 불과했다. 그는 혹시 베니인가. 그런가.

며칠 후에 잡힌 범인은 확실히 베니가 아니었다. 그러나 그는 말했다. 대한민국이 쓰레기 천국이 되어 있습니다. 깨끗이 청소하라는 메시지를 받았습니다. 제 한몸을 희생하더라도.

나는 인터뷰 영상을 찾아보았다. 50대의 남자는 분명히 베니가 아니었다. 그러나 그 속삭임, 나는 저 속삭임을 알고 있었다. 깨끗이 청소하라는 메시지. 그것은 어디에서 들려온 메시지였을까. 경찰은 남자가 충동장애 증세로 입원한 전력이 있다고 밝혔으며, 술을 마시면 방화 충동을 제어하지 못한다고 했다. 방화를 그의 병적인 충동장애로 파악하고 있는 것 같았다. 그러나 나는 그의 인터뷰에서 베니의 목소리를 들었다. 어디선가 베니가 그 해맑은 얼굴로, 해사한 소년의 웃음을 지으며 속삭이고 있는 게 보였다. 베니, 너니? 남자가 들었던 목소리, 그건, 너였니?

나는 어디서나 베니의 초상을 본다. 지독한 아름다움 속에서, 지독한 추함 속에서. 악마적인 선함 안에서, 순백의 고결한 악함 안에서.

나는 어쩌면 그의 파멸을 은밀히 소망해왔는지도 모른다. 그가 여전히 혁명을 꿈꾸기를 바라면서, 그가 혁명에 실패하고 좌절하고 분노하며 파멸에 이르기를 동시에 꿈꾸었는지도 모른다. 그것이 일찍이 혁명을 그만둔 나의 젊음, 내가 잃어버린 소년에 대한 위로와 보상이라도 되는 듯이.

우리는 실패했다. 우리는 좀더, 제대로 실패하는 법을 익혀야 했다. 제대로 실패할 용기를 가져야 했다. 이왕 실패할 거면 실패가 미학의 경지에 이르도록, 이것이 바로 완전한 실패라고, 성공한 실패의 대표적인 케이스로 대대손손 이름을 남길 정도로 그렇게 아름답게, 제대로 실패해야 했다. 그러나 우리는 완전한 실패조차 실패했다. 이것은 그 불완전한 실패에 대한 뒤늦은 반성문이다. 아니 어쩌면, 나는 다시 한번 실패하고 싶어서 이 글로 베니를 소환하려는 건지도 모른다. 이것은 그러니까, 일종의 방화다.

1.

나는 아름답다

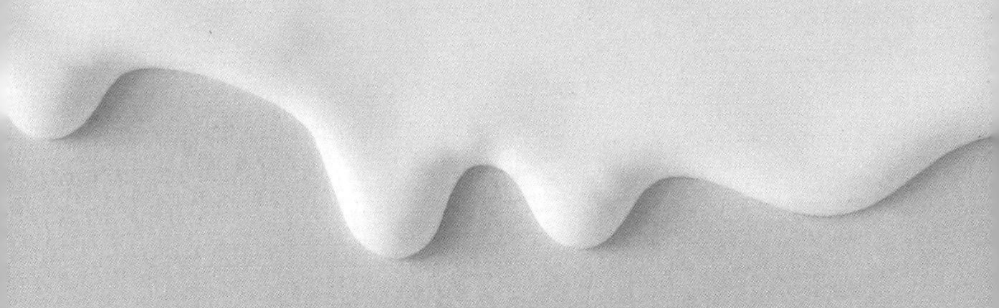

나는 아름답다.

뭐 자랑하거나 과시하려는 게 아니다. 그냥 나란 사람을 간단히 설명하자면 그 밖의 적합한 다른 표현이 없을 뿐이다. 나는 아름다운 소년이다. 그게 나의 본질이다.

그것은 어떤 깨달음처럼 내게 왔다. 보리수나무 아래에서 생로병사의 미망에 갇혀 고통받는 인간에 대한 깨달음을 얻은 석가모니처럼, 어둠 속에서 카메라의 플래시가 번쩍이는 순간 나는 내 존재의 아름다움을, 이 아름다움이 세상을 이롭게 하리라는 것을 깨우쳤던 것이다. 물론 나는 아름답지 않은 적이 한번도 없었다. 아름답게 태어나 아름답게 자라났고, 앞으로도 언제까지나 아름다울 터였다. 그러나 그것이 내 존재의 근원이라는 것을 자각하는 것은 다른 문제였다. 카메라의 플래시가 번쩍이며 나의 지나가는 찰나를 빛나는 영원으로 바꿔 놓은 순간, 내 안에도 하나의 불꽃이 점화되어 나를 환하게 밝히기 시작했다. 아무리 끄려 해도 꺼지지 않는 불꽃. 거부할 수 없는 운명. 그렇다. 아름다움은 내가 평생 짊어지고 가야 할 나의 원죄, 나의 숙명이었다.

베니. 넌 어떻게 그렇게 생겼니.

사람들은 말하곤 했다. 처음에는 평범한 인간들이 날 신기한 듯 쳐다보는 시선이 싫었다. 아름다움은 꽤나 불편한 것이로구나. 나는 한탄했다. 정상의 범주에서 벗어난 아름다움은 내게 일종의 기형이나 장애로 여겨졌다. 한때는 아름다움을 가려보려 애쓰기도 했다. 그러나 그것은 아름다움의 속성을 미처 파악하지 못해서 생긴 어리석은 발버둥일 뿐이었다. 아름다움이란 스스로 발광하는 생물체였다. 가린다고 가려지거나 숨긴다고 숨겨지는 것이 아니었다. 모른 척하려 해도 할 수 없었다.

그렇다. 나는 아름답다. 나는 결국 아름다움에 굴복했다. 나의 아름다움을 인정하고 아름다움이 내 존재의 정수라는 것을, 내 존재를 장악하고 나의 삶을 이끌어가는 절대자라는 것을 수긍하고 그에 따르는 삶을 살기로 결심한 것이다.

나는 건널목에 서서 신호가 바뀌길 기다리며 지하철에서

산 만득이 인형을 주머니에서 꺼내 주무른다. 아름다운 사람의 문제는 이거다. 지하철을 타거나 버스를 타거나 길을 걷다가도, 열심히 살려고 애쓰는 추한 사람들을 보면 미안함과 안타까움에 필요 없는 물건이라도 구입하게 되는 것이다. 아름다우면 은수저를 물고 태어난 것처럼 세상 살기가 편할 거라고 생각하겠지만, 꼭 그런 것만도 아니다. 아름다운 만큼, 의무와 책임이 뒤따르는 것이다.

엄마와 함께 신호가 바뀌기를 기다리던 어린 여자아이가 내가 만지는 대로 모양이 바뀌는 만득이를 신기한 듯 쳐다본다. 분홍 리본을 머리에 매고 프릴이 많이 달린 분홍 원피스를 입고 있지만 여자아이는 조금도 예쁘지 않다. 아이들이 다 예쁘다는 건 잔인한 거짓말이다. 아이건 어른이건 못난 인간은 못난 인간일 뿐이다. 다만 아이들은 못난 인간은 못난 인간답게 처신하고 겸손하게 차려입어야 한다는 것을 아직 깨닫지 못했을 뿐이다. 마음이 불편해진다. 나는 아름답지 못한 것들을 보면 안절부절못하게 된다. 어떻게든 내 아름다움을 나누어줘야 될 것 같은 생각이 드는 것이다.

귀여운 아이구나. 이거 가지고 싶니?

여자아이는 고개를 끄덕인다. 나는 만득이로 웃는 얼굴을 만들어 아이에게 건넨다. 아이가 활짝 웃는다. 활짝 웃어도 여자아이는 여전히 예쁘지 않다. 너의 인생은 참으로 순탄치 않겠구나. 마음에 슬픔이 고인다. 달칵, 포인트가 적립되는 소리가 들린다. 내게 선행은 가장 즐거운 놀이이자 게임이다. 선한 행동을 할 때마다, 내 머릿속의 게임기에 불이 들어오며 동전 모양의 포인트가 하나씩 올라간다. 선행 포인트가 쌓일수록 나는 점점 더 아름다워진다.

나는 일찍이 세상의 비밀을 깨우쳤다. 아름다운 것만이 살아남는다. 그리고 진정한 아름다움이란 윤리적이며 도덕적인 것에서 온다. 그렇다. 윤리적이고 도덕적인 것만이 모든 것이 소멸해가는 전 지구적인 위기의 이때, 끈질기게 살아남을 수 있는 가장 섹시하고 아름다운 것이다.

지나가는 사람들이 나를 흘끔흘끔 쳐다보는 것이 느껴진다. 나는 그들의 시선이 의미하는 바를 안다. 나는 호기심 어린 시선에 익숙한 짐승의 몸짓으로 체념하듯 웃어 보인다. 네, 그래요. 저도 압니다. 저는 아름다운 소년입니다. 어쩌겠어요. 그게 나란 인간인 것을.

마침 양손에 묵직한 보따리를 든 허리가 굽은 노인이 다가온다. 도와드릴까요? 나는 얼른 다가가 친절히 말을 건네며 보따리를 받아든다. 노인이 비굴한 표정으로 굽신거리며 감사 인사를 한다. 착한 학생이구만. 블라블라. 됐다. 말 안 해도 안다. 그렇지 않으면 내가 왜 이런 귀찮은 짓을 하겠는가.

나는 그녀의 짐을 한 손에 들고 한 팔은 그녀가 기댈 수 있도록 내어준 채 길을 건넌다. 교회 다녀? 네, 다닙니다. 그래,

그럴 줄 알았어. 역시 하나님 믿는 사람들은 뭐가 달라도 다르지. 노인이 만족한 듯 느끼한 웃음을 짓는다. 교회라곤 여자친구와 강도 높은 스킨십을 나눌 만한 은밀한 장소를 찾다가 들어간 게 전부였지만 무슨 상관인가. 나는 노인이 원하는 대로 답을 해준다. 대부분의 사람들이 던지는 질문에는 정답이 정해져 있고 그들이 원하는 대로 말하고 행동하는 것, 사람들을 기쁘게 해주는 것, 그것은 꽤나 쉽게 아름다움을 실천할 수 있는 길이다. 이 쉬운 일을 다른 사람들이 안 하는 이유는 뭘까. 왜 진실이라는 말로 아름답지 않은 상황을 만들어내는 걸까. 한때는 의문이었지만 이제는 안다. 그렇다. 그들은 스스로 아름답지 않기 때문이다.

불쌍한 인간들. 세상에는 아름답지 못한 인간들이 얼마나 많은지. 그들이 매일 어떤 기분으로 눈을 뜨고 어떤 기분으로 거울을 보며 어떤 기분으로 집을 나와 거리로 나서는지 나는 감히 짐작도 할 수 없다.

어릴 때, 나는 궁금해하곤 했다. 사람들은 왜 저렇게 불행한 표정을 짓고 사는 걸까. 왜 거리에는 장례식장에 온 것처럼 엄숙하거나, 변비에 걸린 것처럼 뚱한 표정의 사람들로 가득차 있는 걸까. 세상이 정말 재미없다는 듯이, 자기 인생의 주인은 자신이 아니며, 자신은 제 것이 아닌 실패한 타인의 삶에 억지로 사로잡힌 노예에 불과하다는 듯이.

뒤늦게 나는 깨달았다. 그들이 그렇게 얼굴 가득 불만을 담고 거리를 활보하는 이유. 그것은 그들이 아름답지 못하기 때문이다. 아침에 일어나 세수를 하며 거울을 본다. 양치질을 하며 거울을 본다. 머리를 빗으며 거울을 본다. 옷을 입으며 거울을 본다. 아침에 집을 나서기까지 그 모든 행위들 속에서 그들은 자신이 불행할 수밖에 없는 절대적 이유, 존재의 추함을 뼈저리게 깨닫곤 했던 것이다. 그래서 대부분의 사람들은 저렇게 오랜 좌절이 빚어낸 표정 없는 얼굴로 거리를 누비는 것이다.

사람들의 내면에는 누구나 아름다움에 대한 본능적인 욕구가 있을 터. 그러나 자신의 외모가 그 최소한의 욕구를 충족시키지 못한다면, 심지어 배반하고 모독한다면, 어떻게 평정심을 유지한 채 일상을 영위할 수 있겠는가 말이다. 그러니까 무슨 소설 같은 걸 봐도 죄다 내 인생은 왜 요 모양 요 꼴이냐고 투덜대는 주인공이 많은 거다. 그런 인간들에게 공감, 이라는 걸 느끼며 위안을 삼는 거겠지. 그래서 나는 소설을 읽지 않는다. 나는 그런 인간들에게 결코 공감할 수 없으니까. 아니, 공감하고 싶지 않으니까. 내가 공감하며 보는 건 아름다운 시나 예쁜 그림이 가득한 그림책들뿐이다.

어쨌거나. 불쌍한 인간들. 나라도, 만약 그들처럼 아름답지 않았다면 왜 세상은 이따위냐고, 나는 왜 이 모양이냐고 매일 아침 눈뜰 때마다 내가 나인 것을, 내가 나로서 하루를 더 살아야 한다는 것을 죽을 만큼 괴로워했을지도 모른다. 매일 아침

만성변비에 시달리며 무지근한 배를 끌어안고 얼굴에 시름을 가득 안고 집을 나섰을 것이다. 불쌍하고 또 불쌍하다. 그들을 위해 내가 할 수 있는 것은 나의 아름다움을 베푸는 것뿐이다.

나는 아름답기 때문에 자비롭다. 친절하고 동정심이 넘친다. 또한 누군가 내게 베푸는 친절함에 대해 도대체 저 사람이 왜, 무슨 목적이 있기에 나에게 호의를 보이나, 따위의 의심은 하지 않는다. 사람들이 내게 친절한 것은 당연하다. 내가 아름답기 때문이다. 그러므로 나는 내가 받은 친절을 아낌없이 불쌍한 타인에게 베푸는 데 주저함이 없다. 아름다움은 나의 본성이다.

아름답지 못한 사람들에게도 이해심과 배려심은 있다. 그러나 그들의 이해심과 배려심은 어쩔 수 없이, 자기 자신을 이해하고 배려하는 데 대부분을 소비하게 된다. 자신이 왜 이토록 아름답지 못하게 태어났는지, 아름답지 못한 내면을 끌어안고 아름답지 못한 삶을 살아야 하는지, 자신의 추함을 이해하고 적응하기 위해 그들은 자신이 가진 이해심의 대부분을 쓸 수밖에 없는 것이다. 다른 사람을 위해 쓸 수 있는 이해와 배려의 양이 절대적으로 부족할 수밖에 없는 것이 그들의 운명이다.

나는 다르다. 나는 나를 이해하고 배려해줄 필요가 없다. 덕분에 나는 그것을 모두 어리석고 추한 타인을 위해 쓸 수 있다. 나는 어깨를 밀치고 지나가면서 사과도 하지 않는 무례한 인간들이나, 작은 마찰에도 육두문자를 써가며 욕을 하는 성마른 인간들을 이해한다. 그들은 삶이 얼마나 고달프면 그러겠는가. 아름답지 못한 그들에게는 언제나 더 많은 이해와 더 많은 배려가 필요한 법이다.

나는 자애로운 눈길로 내 곁의 노인을 쳐다본다. 볼품없이 늙은데다 가난할 게 분명한 입성에, 그냥 봐도 안다, 한번도 아름다워본 적 없이 살아온 여인인 것이다. 이런 인간을 대할 때 내 마음은 한없는 연민과 자비심으로 물결친다. 내가 가진 아름다움으로 베풀어줘야 할 게 많은 사람이다. 이런 노인은 포인트를 올리는 데 가장 좋은 대상이다. 덕분에 오늘의 선행 포인트는 하루 할당량을 거의 다 채운 것 같다.

아유, 뉘 집 아들인지 참 잘나기도 잘났네. 고마워요.

노인이 내 얼굴을 핥듯이 훑어보며 감사 인사를 하고 버스에 오른다. 늙으나 젊으나 잘생긴 사람 좋아하는 건 똑같다. 아무것도 아닌걸요, 나는 겸손하게 대꾸하며 노인이 버스에 오르는 모습을 가만히 지켜본다. 노인이 혼자서도 잘 가는지 끝까지 확인해야 마음이 놓인다는 듯이. 버스가 출발하고 나서야 나는 등을 돌려 내 갈 길을 가기 시작한다. 할머니를 업어서 건너다드릴 걸 그랬나. 아니다. 그건 너무 과장된 친절로 보였을 것이다. 넘침은 모자람만 못하다. 나는 돌아보고 싶은 것을 참았다. 그 카메라는 분명히 내 쪽을 향해 있었다.

그는 찍었을까?

*

나는 아름답다.

소년은 온몸으로 그렇게 말하고 있었다. 소년이 입은 티셔츠에 쓰인 글씨 때문만은 아니었다. '나는 아름답다'라고 쓰인 티셔츠를 입고, 그것이 재기 발랄한 역설이 아니라 자신을 위해 그 문장이 존재하는 것처럼 잘 어울리는 사람이 세상에 몇이나 될까. 그런 소수의 선택받은 인간 중의 하나, 그가 베니였다.

베니를 처음 봤을 때, 나는 나의 첫번째 카메라, 대포처럼 무거운 카메라를 들고 내 카메라에 생포될 근사한 먹이를 기다리며 사람들을 관찰하고 있었다. 마스크를 쓰거나 목도리로 얼굴을 가리지 않고 거리로 나온 것은 지난여름, 방에 틀어박힌 이후 처음이었다.

널 쳐다보는 사람은 아무도 없어, 새끼야. 누가 너한테 눈길이나 주는 줄 아니, 너 혼자 신경쓰는 거지 사람들은 자기 자신 외에는 관심도 없어. 아무리 스스로에게 말해도 자퇴 직전 학교에서 왕따당하며 찍힌 영상, 교실에서 속옷이 벗겨진 채 놀림당한 그 몰카로 인해 온라인에서 변태로 낙인찍힌 트라우마는 쉽게 사라지지 않았다. 밖에 나가는 순간 누군가 나를 알아보고 손가락질하거나 저희들끼리 쑥덕대며 비웃으리라는 강박관념에서 벗어날 수 없었다.

그러나 카메라 렌즈 뒤에 숨으니 내 방에 숨어 있는 것과 같은 아늑함이 느껴졌다. 카메라, 그 증오스럽던 카메라가 나의 구원이 되어줄 줄 어찌 알았겠는가. 마침내 히키코모리 생활을 접고 재수학원에 등록해 대입 공부를 시작한 줄 아는 엄마에게는 미안했지만, 학원 등록비로 카메라를 구입한 것은 확실히 탁월한 선택이었다.

도로변 화단에 걸터앉아 분주히 오가는 사람들을 렌즈 너머로 지켜보고 있자니 관광객이 된 기분이었다. 카메라 덕분이었다. 카메라는 나를 보이는 자가 아니라 보는 자가 되게 만들었다. 내 주위만 시간이 천천히 흘러가는 느낌도 들었다. 카메라는 시간에 구속되는 것이 아니라 자신만의 시간을 만들어갈 줄 알았다. 지금 나는 시간의 속도에 맞추어 한발씩 전진해가는 무리에서 이탈한 낙오자가 아니라, 스스로 무리에서 떨어져나온 여행자였고 이방인이었다. 떠나지 않고도 여행자가 될 수 있다니.

너는 정말 굿보이로구나. 나는 카메라를 흐뭇하게 쓰다듬으며 중얼거렸다. 느끼한 짧은 영어나마 진짜 이방인이 된 기분을 느끼는 데 도움을 주었다. 그렇게 나는 첫번째 사진이 될 만한 자격이 있는 피사체를 기다리기 시작했다. 그리고 마침내, 그 아이를 보았다.

나는 사냥감을 놓칠까봐 서두르는 사냥꾼처럼 그를 내 카메라에 포획하기 위해 급히 셔터를 눌렀다. 얼굴이 잘 보이지 않았다. 슈퍼줌렌즈로 당겨 보았다. 가느다란 실루엣으로 보아 키가 큰 소녀인가, 했는데 그는 소년이었다. 살짝 아쉬운 마음이 들었으나 소녀이건 소년이건 아름다운 것은 변함없었다. 그는 카메라가 사랑할 수밖에 없는 피사체였다. 그는 찍히기 위해 존재하는 인간이었다. 그에게 반한 내 카메라는 그의 모습을 뒤쫓기 시작했다. 나는 몇 컷의 사진을 찍고, 동영상 촬영 버튼을 눌렀다. 그가 건널목을 건너는 모습이 녹화되기 시작했다.

그가 카메라 렌즈에서 사라진 후, 찍은 영상을 확인해보았다. 초라한 노인의 짐을 빼앗듯이 양손에 들고 걸어가는 호리호리하고 아름다운 소년의 모습은 가만히 보고 있기만 해도 마음이 훈훈해지는 장면이었다. 소년의 손에 든 현란한 꽃무늬의 보자기로 싼 짐꾸러미, 노인에게나 어울릴, 소년에게는 어울리지 않는 그 짐들조차 그의 아름다움을 완성해주는 소품으로 보였다. 그가 드는 것은 그것이 망치나 몽둥이, 곡괭이나 삽, 무엇이건 그의 아름다움을 빛내기 위한 장신구로 보일 것이 분명했다.

굿보이. 잘했어. 나는 카메라를 쓰다듬으며 중얼거렸다. 이제 내 카메라가 무엇을 찍어야 하는지 알 것 같았다. 진짜 아름다운 게 뭐지? 그것이 나의 첫번째이자 마지막 프로젝트의 주제가 될 터였다.

나는 사진 속의 소년을 보며 그의 이야기를 상상하기 시작했다. 그때에 그러지 말아야 했다고 뒤늦게 후회하곤 했지만 일어난 일은, 일어나게 되어 있었다.

2.

굿보이의 탄생

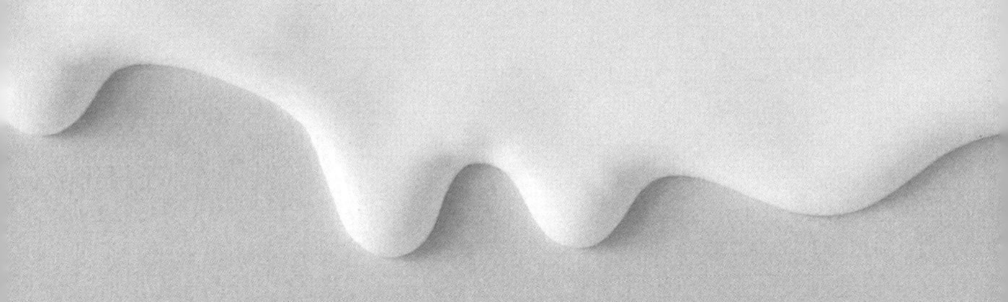

"타라는 안 먹어?"

베니가 컵케이크를 한입 입에 넣고 묻는다. 타라는 고개를 젓는다. 나의 컵케이크는 너야. 내가 먹고 싶은 건 너뿐이라고. 속으로 생각하지만 입 밖으로 내뱉지는 않는다. 베니는 생전 처음 컵케이크를 먹은 사람처럼 행복한 표정으로 컵케이크를 삼킨다. 이 표정을 볼 수만 있다면 열 개도 백 개도 사줄 수 있어. 타라는 생각한다.

"그렇게 맛있니?"

"응. 알잖아. 나 컵케이크 사랑하는 거."

베니가 말한다. 베니는 세상 모든 것을 사랑한다. 베니는 도대체 싫어하는 게 없는 것 같다. 타라는 그게 좋았다. 그동안 만나온 대부분의 남자들은 매일 불평불만을 달고 살았다. 세상만사, 마음에 드는 게 하나도 없는 것 같았다. 세상에 자기만 제대로고 다른 건 모두 잘못되어 있다는 듯이 사사건건 불만이고 트집이었다. 그런 인간들하고 어울리다보면 열심히 관리한 보람도 없이 주름살도 깊어졌다.

베니는 다르다. 베니의 주변에는 세상의 거칠고 더럽고 추한 것들로부터 안전하게 보호해주는 수호천사의 결계라도 쳐져 있는 듯하다. 그렇지 않고서야 그래도 스물두 살이나 된 남자아이가, 저렇게 세상을 긍정적으로 아름답게만 볼 수가 없었다. 베니의 눈에 비친 세상은 분명히 동화 속 그림처럼 부드러운 파스텔 색조로 이루어져 있을 거라고 타라는 생각한다.

베니는 아름답다. 하지만 베니 정도 되는 아름다움은 솔직히 말해서 드문 것은 아니었다. 잘생기고 예쁜 소년들은 텔레비전 속에도 많았다. 게다가 키도 그리 크지 않고 호리호리한 편이라서 근육질의 수컷 냄새 풍기는 연하남들을 좋아하는 취향이라면 우유 냄새 풍기는 소년 같은 베니는 매력이 없을 수도 있었다. 그러나 베니의 아름다움에는 특별한 무언가가 있었다. 그것은 세상을 아름답게 볼 줄 아는 베니의 눈이고 베니의 마음이었다. 베니의 아름다움은 베니의 세상이 아름답기 때문이라고 타라는 생각했다. 베니는 말하자면, 파란만장한 소설 속의 주인공이 아니라 예쁜 그림이 그려진 행복한 동화책 속의 주인공 같았다.

그러고 보니 베니가 말했던 그 그림책, 꼭 그 그림책을 선물해주고 싶었는데 아무리 애써봐도 구할 수가 없었다. 주인공의 이름이 베니라는 것과, 베니가 잃어버린 무언가를 찾아 발이 퉁퉁 붓도록 길고 긴 여행을 떠난다는 것만으로는 제목도 모르는 그림책을 찾는 것은 쉬운 일이 아니었다.

뭐든지 갖고 싶은 걸 말해봐. 베니의 생일날, 타라는 베니를 끌고 백화점에 가며 말했다. 농담처럼 말했지만 농담만은 아니었다. 베니가 원한다면 무엇이든지 주고 싶었다. 그러나 베니는 고개를 저었다. 정말이야, 타라. 난 부족한 게 없어. 그래도 꼭 선물을 해주고 싶다면, 어렸을 때 갖고 싶었던 게 하나 있긴 한데. 하면서 말을 꺼낸 게 그 그림책이었다. 베니의 이름 또한 그 동화책에서 딴 거라고 했다. 그림책 정도야 백 권이라도 사줄 수 있다고 생각했는데, 알고 보니 제목도 모르는 오래된 그림책은 어떤 명품보다도 더 구하기 힘들었다. 결국 생일에는 싫다는 베니에게 억지로 버버리 프로섬 코트를 선물해주어야 했다.

생일은 지났지만 그 그림책은 어떻게든 찾아주고 싶었다. 베니는 그런 호의를 받아 마땅한 아름다운 소년이었다. 나의 착한 소년, 나의 달콤한 컵케이크. 타라는 속으로 중얼거리며 베니를 향해 미소 지었다.

*

"있잖아 베니."

타라가 눈웃음을 치며 말한다. 애써 만든 눈웃음. 저 눈웃음을 만들기 위해 매일 한 시간씩은 거울을 보며 연습했음이 틀림없다고 베니는 생각한다. 쌍꺼풀은 괜찮다. 저 정도면 어머니가 낳아준 진짜 탄생일보다 의사 선생님이 쌍꺼풀을 만들어준 날을 생일이라고 기념해도 좋을 정도로 완벽하다. 문제는 은유가 아닌 직유법으로서의 치명적이며 살인적인 저 눈웃음이라고, 베니는 안타까워한다. 풋풋한 스무 살 어린 여자애도 아니고, 서른네 살 여자의 눈웃음은 웃음보다 주름이 더 도드라질 뿐인데 도대체 무슨 자신감인지. 포토샵을 켜고 저 눈주름 부분만 블러 처리를 해주고 싶다.

그래. 이걸 오늘의 발명품으로 하자. 베니는 타라의 말에 귀 기울이는 척하며 휴대폰을 꺼내 생각난 아이디어를 재빨리 메모해둔다.

11) 리얼 포토샵 기능

이걸로 착한나라 발명품은 모두 열한 개가 모였다. 세상에. 나 같은 소년이 얼마나 될까. 매 순간 좀더 착한 세상, 좀더 아름다운 세상을 위해 끊임없이 고민하는 스물두 살의 소년이라니. 베니는 스스로 감탄한다.

착한나라 발명품이란 세상을 더 아름답게 바꾸는 아이디어를 말한다. 착한나라 발명품이 백 개가 되면, 그때는 트위터나 인스타그램에 하나씩 공개하거나 책으로 엮어볼 생각이다. 개인이 아무리 좋은 생각을 가지고 있다 하더라도 혼자만 간직하고 있으면 소용이 없다. 널리 인간을 이롭게 해야 한다. 그것이 홍익인간의 정신, 단군의 자손이 할 도리라고, 베니는 생각한다.

유치함을 감수하는 것. 새로움을 창조하거나 혁신적인 생각으로 세계를 변화시키기 위해서는 유치한 욕망을 숨김없이 드러내는 것이 중요하다고 베니는 믿었다. 깊이 있는 세련됨은 현재의 만들어진 세계에 잘 편입되어 일정한 성취를 얻기 용이하지만 변혁을 기대한다면 유치함을 외면하지 말아야 한다. 유치해질 것. 아이처럼 본능적인 욕구와 질문에 충실할 것.

어차피 실제란 만들어지는 것일 뿐이다. 오늘도 변함없이 셀카를 찍어 페이스북에 올리고 있는 타라를 보며 베니는 자신의 발명품이 실현되기만 하면 얼마나 인류의 평화에 기여할까를 생각한다. 가장 최적의 각도를 찾아 가장 예쁘게 찍힌 사진일수록, 타라는 그것이 실제의 자신과 일치한다고 믿는다. 모두가 베니 같은 외모를 타고나는 건 아니므로 아름다움을 즐기기 위해 왜곡과 오류는 필요 불가결한 조건이라는 것을 베니는 이해한다. 행복을 추구한다면 왜곡을 받아들일 준비가 되어 있어야 한다. 아름답지 않으면 최소한 거짓을 믿는 힘, 추한 현실을 그럴듯하게 위장한 환상에 대한 믿음이라도 강해야 한다. 신심이 깊은 사람들은 자신의 추함을 깊이 들여다본 사람들이다. 내면과 외면의 추함을 눈치챈 약삭빠른 자들이다. 아름다움에 거부당한 그들은 보상 심리에 의해 성스러움으로 아름답게 치장한 신을 간절히 믿는 것이다. 이른바 후광효과를 노리는 자들. 성령이여 내게 오소서. 내게 임해 나를 축복하고 빛나게 해주소서.

불쌍한 인간들. 사진을 포토샵으로 예쁘게 보정해서 왜곡시키듯 현실 속의 인간도 즉석에서 보정 가능한 4D 툴이 나온다면 이 추한 인간 세상도 훨씬 아름다워질 텐데. 하지만. 베니는 타라를 본다. 그러면 타라가 열심히 돈을 부어대는 중인 성형외과나 화장품 회사 같은 곳은 손해가 이만저만이 아닐 것이다. 그런 이해관계를 생각하면 기술적으로 가능해도 만들어지지 않을 수 있다. 4D 영화를 보기 위한 안경처럼 그냥 자동 포토샵 기능이 달린 안경을 대중화시키는 게 나을지도 모른다.

그런 안경이 생기면 제일 먼저 내가 사야지. 베니는 여전히 부자연스러운 눈웃음을 치며 웃는 타라를 보며 생각한다. 쓸데없이 시력은 또 왜 이리 좋은가. 세상을 아름답게 보기 위해서는 눈이 조금 나쁜 게 유리할지도 모르는데. 그런 생각을 하는 줄도 모르고 웃고 있는 타라를 보니 안쓰러움에 가슴이 조금 저며온다.

아름다움을 위해 발버둥치는 모든 존재는 그 가련함 때문에 나름의 미를 구축해내기 마련이었다. 베니는 타라의 아름다움이란 바로 그 '가련미'에 있다고 생각한다. 물론 그녀에게는 말하지 않는다. 그녀를 보면 저 높은 곳에 있는 아름다운 열매를 따기 위해 길게 목과 팔을 늘인 채 허우적대는 원숭이가 연상된다. 결코 얻지 못할 것을 향해 외줄타기를 하는 사람들의 어리석은 모습은 베니에게 비애감을 전한다. 그리고 못나고 어리석은 자들을 애통해하는 비애감이 자신의 표정을 더욱 풍부하고 아름답게 만들어준다는 것을 베니도 안다.

베니는 타라의 손을 잡으며 어리석고 가련한 존재를 위해 특화된 애틋한 미소를 건넨다. 아. 이제는 익숙해졌을 법도 한데 베니의 웃음을 정면에서 목격한 타라가 가볍게 앓는 소리를 낸다. 이 미소는 한번도 실패한 적이 없다. 아름다움은 언제나 승리하는 법이다. 자신의 눈웃음에 대해 과분한 보상을 받은 것에 대해 타라는 더 노력해야 한다는 듯이, 눈꼬리가 떨리도록 더 열심히 눈웃음을 만들어내기 시작한다. 베니는 그녀에게 죄의식을 느낀다. 아름다운 사람은 그렇지 않은 사람들에게 늘 미안해하고 사과해야 한다. 그래야 공평하다. 가능한 한 친절과 다정함을 베풀어 그들의 결핍을 보상해주어야 한다.

"타라. 그거 알아?"

"뭐?"

"눈웃음이 정말 예쁜 거."

"치이."

삐진 척 아랫입술을 귀엽게 내밀어보지만 타라의 얼굴은 미소를 머금고 있다. 아랫입술을 살짝 내밀며 웃는 표정이 자신을 서른네 살의 나이보다 어려 보이게 한다는 것을 타라는 안다. 그녀가 알고 자기 앞에서 자주 그 표정을 짓는다는 걸 베니도 안다. 진짜 귀여워서가 아니라 귀여운 척하는 서른넷의 그 애쓰는 마음이 귀여워서 베니는 그 표정을 좋아한다.

"타라는 웃는 모습이 정말 예뻐."

이 말은 진심이다. 타라의 웃는 표정이 좋다. 타라뿐 아니라 베니는 자신으로 인해 사람들의 얼굴에 웃음이 번지는 것을 좋아한다. 사실이나 진실이 중요한 게 아니다. 그걸 위해서 진실 같은 건 얼마든지 희생해도 좋다. 웃는 얼굴은 얼마나 아름다운가. 세상에는 더 많은 웃음이 필요하고 더 많은 아름다움이 필요하다고 베니는 생각한다. 내 아름다움은 그것을 위해 존재한다. 나는 세상을 더 아름답게 만들기 위해 봉사해야 한다. 그것이 내가 가진 '절대반지', 아름다움을 올바로 사용하는 방법이다.

"오늘도 봉사 가니?"

"그렇지 뭐."

손가락에 묻은 크림을 핥으며 베니가 대답한다. 오늘은 화요일, 화요일 저녁은 서울역의 쉼터에서 노숙인들에게 저녁

배식하는 일을 돕는 날이다. 월요일은 독거노인들을 위해 도시락을 배달해준다. 수요일에는 시각장애인들을 위해 책을 녹음하고 목요일에는 양로원에 가서 목욕 봉사를 한다. 금요일에는 유기견구조센터의 일을 돕고 토요일에는 지하철 역사에서 아프리카 기아 돕기 구호활동을 하고 일요일에는 가난한 사람들을 위한 행복한 집짓기에 참여한다. 봉사활동만으로도 1주일 스케줄이 빡빡하다. 세상엔 불행한 인간들이 왜 이리 많을까. 추한 자들에게 공평하게 아름다움을 나눠주려면 하루도 쉴 틈이 없다.

베니가 특히 관심 있는 대상은 노인과 노숙인들이다. 아이들은 아니다. 아이들을 돕는 건 유치하다고 베니는 생각한다. 게다가 어떤 아이들은 단지 아이라는 이유로 베니의 아름다움을 위협하기도 한다. 그래서 베니는 아무리 도와도 결코 아름다워지지 않는 노인과 노숙인들을 선호한다. 그리고 자신의 아름다움을 결코 보지 못하는 시각장애인들을 돕는 것으로 일종의 카타르시스를 느낀다. 베니는 가끔, 앞이 보이지 않는 소녀에게 자신이 세상에서 가장 못생긴 남자라고 말하고 사랑을 나누는 상상을 한다. 그러고 나서 소녀가 각막이식 수술을 받아 눈을 떴을 때, 못생긴 얼굴 때문에 아무에게도 사랑을 받지 못했다고 믿은 남자, 앞이 보이지 않는 자신만이 사랑을 주었다고 생각한 그 남자가 매우 아름다운 소년이라는 걸 알게 되었을 때, 그 아름다움에 놀라 다시 눈이 멀게 되는, 그런 비극적인 사랑을 꿈꾼다.

"넌 참 대단해."

"대단하긴. 별일도 아닌데……"

베니는 무심한 듯 천천히 대꾸한다. 별. 일도. 아닌. 데. 중요한 것은 내용이 아니라 말하는 방식이다. 천천히 끊어 말하면 듣는 사람은 그것이 확실히 대단한 별일이라는 것을 다시 한번 가슴에 새기게 되는 것이다.

"난 너 나이 땐 놀러 다니느라 바빴는데."

그랬겠지. 베니는 수긍한다. 타라는 나처럼 아름답지 않으니까. 아름다움에 대한 책임감 따위 느끼지 못했을 테니까. 셀카를 찍는 그녀를 보며 베니는 생각한다. 지금 그녀는 사람에 따라 꽤 예쁘다고도 할 수 있는 외모를 가지고 있지만 그나마 지금의 모습을 갖추기 위해 오랜 시간에 걸쳐 부단한 노력이 필요했으리란 걸 짐작할 수 있다. 그녀의 얼굴은 말 그대로 피 흘리는 고통 속에서 새로 태어났다. 그리고 그것 때문에 베니는 타라의 얼굴을 좋아한다. 타라의 얼굴에는 수난의 역사가 있고, 고통이 있고, 전쟁의 참혹함이 있고, 그리고 아슬아슬한, 언제 깨질지 모르는 불안한 평화가 있다. 그 얼굴의 스토리를 베니는 좋아한다. 세상에는 아름다움이 더 필요하다고, 아름다움은 힘이 세다고, 강력한 메시지를 전하는 듯한 그 얼굴의 폭력성과 단단한 고집스러움을 어떻게 좋아하지 않을 수 있겠는가 말이다.

타라는 토끼 얼굴로 장식한 당근컵케이크를 한입 베어 물고 사진을 찍는다. 그녀는 자신의 모습이 예쁘게 나오는 각도와 조명을 잘 알고 있다. 컵케이크 전문점인 '베티의 컵케이크 하우스' 또한 사진에 예쁘게 나오는 인테리어와 조명 때문에 그녀가 사랑하는 공간이다. 이곳에서 아르바이트하는 소녀들은 모두 만화 캐릭터인 베티 붑 스타일의 가발을 착용해야 한다. 베니는 그것이 입맛을 떨어뜨린다고 생각하지만 어차피 컵케이크는 맛이 아니라 패션으로 먹는 거니까 입맛은 떨어뜨려줄수록 좋은 거라고 타라는 말했다.

"나한테 봉사할 시간은 있는 거지?"

베니가 쉼터에 가져갈 컵케이크 선물 박스까지 같이 계산한 후 타라가 묻는다. 베니는 시계를 본다. 아직 오후 2시다. 쉼터에는 6시까지만 도착하면 된다. 타라에게 봉사할 시간은 충분하다.

*

거울에 비치는 베니의 모습을 보며 타라는 천천히 화장을 고친다. 침대에 엎드린 베니의 뒷모습. 베니는 감춘 듯 은근히 드러난 척추뼈마저 아름답다. 다시 한번 그 척추뼈를 손가락으로 훑고 싶다. 베니의 아름다움은 시각뿐이 아니라 후각이나 촉각, 그리고 미각까지 만족시킨다. 자신의 손끝에서 만져지는 베니의 아름다움은 천천히 손끝을 타고 올라와 머리끝과 발끝까지 퍼져나가며 알싸한 전율을 일으킨다. 기억의 자장에 화장대 밑에서 발가락 다섯 개가 천천히 오그라든다.

어쩌다 이렇게 되었을까. 자신은 젊은 애들과 진지한 관계가 가능하다고 생각하는 어리석은 연상녀는 아니었다. 연하의 애인들에게 휘둘려 돈 주고 마음 주고 몸도 주고 사귀다가 결국엔 차이고 마는 한심한 친구들을 보면 정신 차리라며 뒤통수를 때려주고 싶은 쪽이었다. 어리고 몸 좋은 연하남들과 나눌 것은 마음이 아니라 단지 캐주얼한 섹스, 그거면 족하다고 생각했다.

지난 연말에 가입한 '행복한 기부'란 자선단체에서 베니를 만나지 않았다면, 자신은 여전히 그대로였을 것이다. '행복한 기부'는 일정 금액 이상의 고액 기부를 해야만 가입할 수 있는 일종의 회원제 클럽이었는데, 호텔 수영장에서 만난 사모님에게 소개받은 자리였다. 애초에 부담이 되는 액수를 무리해서 기부하고 가입한 이유도 괜찮은 인맥을 쌓기 위해서였다. 좋은 남자를 만나거나 소개받기 위해서는 자신도 좋은 사람들에 속해야 했다.

'행복한 기부'의 회원이라면 우선 경제적으로도 여유가 있으면서 사람들의 시선에 신경쓸 만한 사회적 지위를 갖춘 사람임을 보증받을 수 있었다. 트렌드에 민감한 타라는 요즘의 트렌드가 자선과 나눔이라는 것을 알고 있었고, 괜찮은 남자를 만나기에는 부족한 자신의 스펙과 교양과 아름다움을 그런 자선활동으로 보충할 수 있기를 기대했다.

그런데 만난 게 엉뚱하게도 베니였다. 그때 베니는 크리스마스 선물을 전달하러 갔던 노숙인 쉼터에서 배식을 담당하고 있었는데, 매주 현장에서 일하는 자원봉사자라고 쉼터의 운영자가 소개해주었다. 얼굴도 마음도 참 예쁜 소년이라고 생각했다. 그날 밤, 자원봉사자들을 격려하는 의미에서 술자리를 가졌다. 좋은 일을 했다는 생각에 기분이 좋아서인지 평소보다 많이 마셨는데, 취한 타라가 걱정된다며 집까지 바래다준 사람이 착한 베니였다. 타라는 베니에게 자고 가라고 권했고 베니는 착한 소년답게 거절하지 않았다. 흔한 스토리였다.

타라도 연하의 남자친구와 사귀어본 적은 있었다. 그러나 이토록 형편도 나이도 차이 나는 남자아이와 관계를 지속하게 될 줄은 생각도 못했었다. 자신은 어린 남자아이에게 감정적으로 얽혀 실속도 없이 퍼주다 끝내는 연애를 할 정도로 어리석은 사람이 아니었다.

그러나 베니는 결코 그렇고 그런 남자애들과는 달랐다. 연상의 여인들과 경험 삼아 부담없이 즐기며 경제적인 도움을 받고 싶어 하는 부류가 아니었다는 말이다. 생일이라고 까르띠에 시계나 구찌 가방 따위를 사달라고 조르지도 않았다. 자신이 하는 명품대여점 타라에서 갖고 싶은 게 있으면 얼마든지 가져가라고 해도 베니는 어떤 것도 탐내지 않았다. 크리스

마스 때 선물한 버버리 프로섬 코트도 자신이 억지로 입혀놓고 입어달라고 사정하다시피 선물한 것이었다.

베니는 외모를 꾸미는 데 무심했다. 오늘만 해도 지난 자선 바자회 때 요한이 판매한 싸구려 티셔츠를 입고 있었다. 그러나 목이 늘어진 티셔츠를 입어도 그는 티셔츠에 새겨진 글씨처럼 충분히 아름다웠고, 그도 그것을 알고 있었다.

나는 그의 아름다움을 사랑한다. 그는 왜 나를 사랑하는 걸까. 타라는 거울에 비치는 베니의 모습을 보며 생각한다. 거울 속에서 타라와 베니의 시선이 하나로 얽혀든다. 침대에 엎드린 채 베니는 타라가 화장하는 모습을 빤히 쳐다보고 있다. 자신이 화장을 통해 아름답게 변신하는 모습을 보는 것을 베니가 좋아한다는 걸 알기 때문에 타라는 천천히, 세심하게 아이라인을 그리고 속눈썹을 올리기 시작한다.

거울 속의 얼굴을 본다. 서른네 살. 나이에 비하면 팽팽한 편이다. 그러나 아이크림을 처발라도 눈가의 주름은 늘고 피부도 조금씩 늘어졌다. 그나마 이 정도로 보이는 것은 의료 기술과 좋은 화장품, 꾸준한 관리의 힘이었다.

"스칼렛 오하라를 미인이라고는 할 수 없겠지만, 쌍둥이 돌턴 형제가 그러했듯이, 일단 그녀의 매력에 사로잡히고 보면 그런 생각을 하는 사람이란 거의 없을 정도였다."*

* 마가렛 미첼, 『바람과 함께 사라지다 1』, 윤종혁 옮김, 신원문화사, 2005, 883쪽.

마거릿 미첼의 소설 『바람과 함께 사라지다』는 이렇게 시작된다. 타라는 그 문장을 좋아했다. 타라는 자신이 미인이 아니라는 것을 안다. 미인이란 타고나야 한다는 것도 안다. 그리하여 미인이 되려고 하기보다는 자신이 미인이 아닌 것을 남들이 깨닫지 못하도록 하는 데 10년의 세월을 바쳤다. 서른네 살. 의학의 힘도 빌리고 화장술도 익히고 패션에 대한 센스도 키웠지만 자신은 여전히 미인은 아니었다. 그러나 꽤 괜찮은 몇몇 남자들에게 자신이 미인이 아니라는 것을 눈치채지 못하게 하는 데는 성공했다.

그러나 남들은 몰라도 자신은 알고 있었다. 비싼 명품들로 잘 치장하면 얼핏 예뻐 보일 수는 있어도 아름다워질 수는 없었다. 진짜 고급스러운 인간들을 만나면 저도 모르게 주눅이 들었다. 아무리 감추려 해도 감춰지지 않는 천박한 취향과 속물근성은 벌어진 셔츠 깃 사이로, 스커트 자락 사이로, 사락사락 조금씩 드러났다. 더 나이가 들면 얼굴에 살아온 흔적이 그대로 드러난다는데, 슬슬 걱정이 되기 시작했다.

그랬기 때문에 날것 그대로의 아름다움을 지닌 베니를 만났을 때 강렬한 충격을 받았다. 푸른 숲에 들어가 신선한 공기를 마셨을 때 머리부터 발끝까지 세포가 깨어나는 느낌, 그런 상큼함과 청명함과 싱그러움을 베니에게서 느꼈다. 그는 푸른 풀잎 같았다. 새순 같았다. 그를 곁에 두고 있으면 자신도 그의 아름다움에 전염될 수 있을 것 같았다.

"타라."

"왜?"

"오른쪽 눈썹이 살짝 올라갔어."

타라는 베니의 말대로 오른쪽 눈썹을 수정한다.

"이제 됐지?"

"응. 타라."

베니의 입에서 나오는 타라라는 이름이 좋다. 베니가 자신의 이름을 부를 때마다 가게 이름을 타라로 짓기를 잘했다고 타라는 생각했다. 자주 애인이 바뀌는 자신을 두고 상가의 주인이 타라는 아무나 올라타라는 뜻인가보군, 저속하게 낄낄거렸다는 이야기를 아르바이트하는 최에게 들었지만 상관없었다. 아름답지 못한 인간들이 아름답지 못한 입으로 어떤 이야기를 하건 베니의 입에서 나오는 타라, 라는 울림의 감동을 희석시킬 수는 없었다.

이젠 자신의 이름이 된 가게 이름 타라는 『바람과 함께 사라지다』에서 따온 거였다.

"모든 것은 내일 타라에서 생각하기로 하자. 그러면 어떻게 견딜 수 있을 거야. 그 사람을 되찾을 방법은 내일 생각하기로 하자. 내일은 또 내일의 해가 뜨는 거야."*

스칼렛의 대사처럼 자신의 명품대여점이 그런 곳이 되기

* 마가렛 미첼, 『바람과 함께 사라지다 2』, 윤종혁 옮김, 신원문화사, 2005, 11쪽.

를 바랐다. 남부의 비옥한 농장, 내일은 내일의 태양이 떠오르는 곳. 명품을 사지는 못해도 연말 파티에 가거나 동창회에 가거나 중요한 모임에 갈 때면 명품을 대여해서라도 입거나 들고 가고 싶어 하는 사람들을 위한 비옥한 땅 타라. 그들이 빌려서라도 명품을 사용하는 것을 단순한 허영으로 치부하는 것은 옳지 않다. 그것이 자신을 아름답다고 느끼게 한다면, 그것이 선이고 옳은 것이다. 타라는 그 마음을 안다. 그 마음을 이해한다. 그렇기 때문에 온라인에서 운영하던 쇼핑몰을 접고 오프라인에서 명품대여점을 오픈하게 된 것이었다. 명품 브랜드의 디자인을 카피한 저렴한 쇼핑몰의 옷들을 구입하면서도, 사람들은 자신이 인스타그램과 페이스북, 트위터에 올린 사진에서 입은 명품 옷이나 명품 가방을 부러워하고 가지고 싶어 했다. 짝퉁만으로는 충분하지 않았다. 사람들은 진짜를 원했다.

진짜 명품에 대한 욕망. 잠시라도 명품을 소유함으로써 스스로 명품처럼 보이고 싶어 하는 인간의 욕망을 누가 비난할 수 있을까. 타라는 결코 자신이 명품이 되지 못하리라는 걸 알고 있었다. 기껏 해봐야 A급 짝퉁이 되는 것이 최선이었다. 그러나 명품을 볼 줄 아는 눈만큼은 누구에게도 뒤지지 않았고 능력껏 명품을 소유할 수도 있었다. 그리고 마침내 진짜 명품을 발견하게 되었다. 그것이 바로 아름답고 고귀한 소년, 베니였다.

베니는 외모만 아름다운 것이 아니라 마음과 행동은 더 아름다운 소년이었다. 쉽게 소유할 수 없는 최고의 명품인 것이다. 베니만큼은 누구에게도 빌려주고 싶지 않았다. 마음 같아서는 자신의 오피스텔에 꽁꽁 가두어두고, 혼자만 보고 싶었다. 그러나 안다. 아름다움은 공유해야 하는 것이다. 독점해서는 안 되는 것이다. 나눔에 대해, 타라는 베니에게서 많은 것을 배웠다.

타라도 슬슬 내적인 아름다움을 가꾸는 데 진심으로 흥미를 느끼기 시작했다. 자신을 외모만 치장하는 속물로 생각했던, 헤어진 남자친구들에게 어퍼컷을 날려주고 싶었다. 단지 괜찮은 남자를 만나기 위해 가입한 자선단체에 후원금을 보내는 것으로는 충분하지 않았다.

타라는 외출 준비를 끝내고 화장대 위에 꽃값을 넣은 봉투를 살짝 놓아둔다. 오늘은 지난번보다 조금 더 넣었다. 베니가 알아서 좋은 일에 써줄 것이다. 베니 덕분에 자신도 아름다운 사람이 되는 것 같다.

"안녕 베니."

"안녕 타라."

베니가 나른한 미소를 지으며 타라를 배웅한다.

*

베니는 블라인드를 열고 창밖을 내다본다. 타라가 2층 창문을 올려다보며 미소 짓는다. 행복해 보인다. 왜 아니겠어, 생각하며 베니는 과장되게 손을 흔들어 보인다. 타라의 미소가 온몸으로 번져나간다. 좋겠다. 블라인드를 닫고 돌아서며 베니는 거울을 본다. 괜히 타라가 부러워진다. 이런 얼굴의 소년이 2층 창문에서 얼굴을 내밀고 배웅해줄 때의 기분 같은 것, 나는 결코 느껴보지 못할 테지. 그렇게 생각하니 좀 억울하다. 내 얼굴인데, 정작 나 자신은 거울이나 카메라, 다른 사물을 통해서만 내 모습을 볼 수 있을 뿐이라니. 이건 아름다운 자에게 내려진 천형인지도 모른다. 그래, 불평하지는 말자. 불평은 아름답지 못한 자들의 몫이라고 생각하며 베니는 타라가 두고 간 봉투를 열어본다. 5만 원권 지폐가 스무 장 들어 있다. 사람이 꽃보다 아름답다지만 진짜 꽃보다 아름다운 건 사람의 돈이다. 베니는 5만 원권 지폐를 꺼내들고 향기를 음미한다. 꽃보다 향기롭다. 역시 자신의 아름다움에 견줄 만한 것은 돈뿐이라고 생각한다.

처음 베니가 타라가 주는 용돈을 받으며 꽃값이라고 불렀을 때, 화대라니, 내가 화대를 주고 어린 남자애랑 잠을 잔거란 말인가, 타라는 질겁했지만, 베니의 천진난만한 웃음을 보고는 같이 웃음을 터뜨렸다. 그래. 이것은 꽃을 즐기고, 또한 꽃 같은 자선을 베풀기 위한 돈이니까. 세상에 아름다운 꽃 한 송이를 더 피우기 위해 쓰일 돈이니까. 타라는 이해했다.

만족스레 향기를 맡은 후 베니는 열 장을 세어 지갑에 넣고 잠시 망설이다가 네 장을 더 집어넣는다. 아름다움을 유지하는 데는 돈이 많이 드는 법이다. 쉼터에는 30만 원만 기부해도 충분할 것이다. 자신의 지갑으로 들어가건 쉼터로 흘러가건 어차피 세상의 아름다움을 위해 쓰이는 건 똑같았다.

베니는 시계를 본다. 벌써 4시가 넘었다. 지금 샤워를 하고 나가야 쉼터에 늦지 않게 도착할 수 있다. 어떻게 할까. 베니는 망설이며 침대에 걸터앉는다. 타라의 오피스텔에 한번 오면 나가기가 싫다. 타라가 홍콩이나 일본으로 출장을 갈 때면 몰래 와서 혼자 자고 갈 때도 있었다. 타라가 좋은 건지 타라의 오피스텔이 더 좋은 건지 순위를 매기기 힘들었다. 갈까 말까. 한 시간만 자고 생각해보자. 베니는 침대에 가볍게 드러눕는다. 그러다 이내 벌떡 일어난다. 베개에 붙어 있는 건, 머리카락이다. 머리카락이 아닐지도 모른다. 더럽게. 베니는 중얼거리며 티슈를 뽑아 머리카락을 집어들고 휴지통에 버린 후 다시 침대에 눕는다. 인간의 몸에서 떨어져나온 것은 왜 이렇게 죄다 흉물스러운지 몰라. 베니는 생각한다.

베니가 인간에게 친절한 것은, 혐오감을 주는 자신을 감당하며 살아가는 그들의 가혹한 운명을 이해하기 때문이다. 생명을 가진 추한 것들을 그래서 베니는 사랑으로 감싸려고 노력한다. 그러나 그 인간의 몸에서 떨어져나온 것들은 더이상 생명을 가진 것이 아니므로 그 자체의 흉물스러움에 마땅한 대접을 해도 상관없다.

침대에 누우니 몸이 나른해지며 바로 졸음이 쏟아진다. 아무래도 타라에게 너무 열심히 봉사한 모양이다. 확실히 하루에 봉사를 두 개나 뛰는 건 무리한 일정이다. 스케줄을 조정할 필요가 있다.

오늘은 쉴까. 베니는 멍하니 천장을 올려다보며 생각한다. 사실 오늘따라 쉼터에 가기 싫은 건 지난번의 불쾌했던 일 때문이다. 뭐 따지고 보면 모두 내 탓이지. 베니는 결코 남의 탓을 하지 않는다. 남들이 네 탓이라고 할 때 모든 것을 내 탓으로 돌리는 이 겸손함은 얼마나 아름다운가. 베니는 스스로의 아름다움에 또 한번 감탄한다. 어쨌건 모두 내 탓이다. 애초에 내 아름다움에 견줄 만한 아름다운 사람들을 만날 수 있으리라 기대한 게 문제였다.

*

처음 쉼터의 자원봉사자 모임에 나갔을 때 베니는 기대했다. 자신의 아름다움에 어울리는 사람들을 만날 수 있을 거라고. 그러나 베니가 깨달은 건 모자란 인간들에게 과한 기대를 가지면 돌아오는 건 실망뿐이라는 사실이었다.

쉼터의 인간들, 그래, 좋은 의도를 가지고 모인 사람들이니까 다른 집단처럼 아주 엉망은 아니었다. 그러나 그곳도 작은 세상에 불과했다. 자선을 행하는 이타심 안에서도 개인의 이기심과 자기 자리를 확보하려는 인간들, 신 앞에 줄서기라도 하듯 서열을 매기고 돋보이고자 하는 인간들의 드라마가 아름답지 않게 펼쳐지곤 했다.

게다가 오지랖 넓은 아줌마들은 얼마나 많은지. 낮에 밥차 봉사를 나갔을 때였다. 학생이 수고가 많네. 한 아줌마가 말을 걸었다. 학생 아닙니다. 베니가 솔직하게 대답했다. 그럼 일해요? 어떻게 평일 낮에 용케 시간을 냈네. 무슨 일 해요? 일 안 합니다. 베니가 말했다. 이런. 아줌마가 혀를 쯧쯧 찼다. 봉사도 좋지만 젊은 사람이 공부를 하든가 일을 해야지. 그러면서 충고랍시고 자기 아들 이야기를 늘어놓기 시작했다. 제기랄. 이제 봉사도 눈치보면서 해야 하는 건가. 열심히 자원봉사를 하는 소년을 기특하게 생각하지는 못할망정, 누가 자기한테 내 인생 걱정해달랬나. 겉으로는 네네, 하며 듣고 있었지만 확, 빈정이 상했다.

그후로 밥차 봉사 시간을 저녁으로 바꾸었지만 저녁 시간이라고 해서 상황이 더 나은 것도 아니었다. 저녁에는 대학생들이나 직장인들이 단체로 봉사를 나오는 경우가 종종 있었다. 그때마다 베니는 어디에도 속하지 못하는 자신이 개밥에 도토리가 된 것 같았다. 그들은 친절하게도 봉사가 끝난 후의 뒤풀이 자리에 베니도 부르곤 했다. 정작 봉사하는 시간은 서너 시간이면서 친목을 다지네 어쩌네 하면서 새벽까지 술자리를 가지며 자신의 자선에 스스로 취해 경거망동하는 꼴이라니. 한심스럽게 생각하면서도 친절하게 함께 가자고 권유하면 베니는 거절할 수가 없었다.

지난번에는 함께 자원봉사를 하던 남학생의 환송 파티가 열렸다. 한 방송국에서 모집한 해외 자원봉사단에 뽑혀 1년간 코트디부아르로 의료지원을 가게 됐다고 했다. 사실 베니도 그 봉사단에 참가하고 싶어 서류를 제출했었다. 그러나 서류 전형에서 떨어졌다. 그런데 저런 여드름투성이 대학생이 붙다니. 베니는 불쾌했다. 봉사활동 경력도 외모도 어느 모로 보나 자신이 낫다고 베니는 자부했다. 그가 자신보다 나은 것은 의료봉사가 가능한 의과 대학생이라는 점뿐이었다. 그게 결정적이었을 것이다.

자신에겐 더 큰 재능이 있다고 베니는 믿었다. 그것은 바로 아름다움이었다. 이것은 배움으로도, 돈으로도 살 수 없는 자신만의 고유의 것이었다. 굶주린 이들에게 필요한 것은 식량키트나 구호물품뿐만이 아니었다. 그들의 상처 입은 영혼을 달래주고 마음을 풍요롭게 해줄 물질 이상의 것, 그러니까 예를 들면 자신의 아름다움 같은 것이 필요했다. 아름다움은 그 자체로 강력한 메시지를 전달하며 더 의미 있는 기부활동을 할 수 있을 터였다. 그러나 심사위원들은 그걸 몰랐다. 이런 식이라니. 아름답지 않아. 베니는 중얼거렸다.

그동안 베니는 쉼터의 자원봉사 모임에서 가장 높은 자리를 차지하고 있다고 자부했다. 누구보다 봉사 시간도 많았고,

한번도 빠진 적도 없었다. 이것이 포인트가 올라가는 자원봉사 게임이라면 베니는 고수, 남학생은 하수에 불과했다. 그런데 같이 응모한 봉사단에서 경력도 미천한, 아마도 스펙 쌓기 위해 신청한 게 분명할 남학생은 붙고 자신은 떨어지다니. 아무리 생각해도 불쾌했다. 해외 봉사활동에 참가하게 된 것으로 남학생의 자선 포인트는 자신이 열심히 쌓아온 수치를 단번에 추월해버린 것 같았다. 그는 단숨에 고수가 되어 베니보다 위의 계단에서 베니를 내려다보고 있는 것이다. 기분 나쁜 비교 그래프가 머리에 둥둥 떠다녔다.

그날 여드름이 잔뜩 난 회장이 잔을 높게 올리고 아름다운 세상을 위하여, 어쩌고 하며 건배를 제안했다. 베니는 웃으며 잔을 높이 쳐들었다. 그러나 마음 같아서는 거울이나 보고 그런 소리 하세요, 대꾸해주고 싶었다.

도대체 뭐가 아름답단 말인가. 이런 건 아름답지 않았다. 아름다운 건, 나였다. 나뿐이었다. 물론 베니는 아름답지 못한 인간들에게 넘치는 자비심을 가지고 있었다. 그러나 추한 몰골을 하고는 좋은 일 좀 한다고 자신이 아름다운 줄 알고, 게다가 자신과 동급이라고 믿는 인간들이라면……. 그들에게까지 과연 자신의 이해심을 베풀어야 할지는 의문이었다. 그들에겐 그들의 추함에 어울리는 추한 대접을 해주는 것이 오히려 더 자비로운 태도가 아닐까 베니는 생각했다.

토드 브라우닝의 영화 〈괴물들〉을 보면 섬뜩한 장면이 나온다. 우리는 하나, 우리는 하나, 외치며 술잔을 나누는 모습. 베니가 그날 회식 자리에서 느낀 공포가 바로 그런 것이었다. 이것들이, 어떻게 내가 자신들과 같은 부류라고 생각한단 말인가. 베니는 분노했다. 못생긴 것들이. 베니는 속으로 중얼거렸다. 도대체 어떻게 우리가 하나란 말인가.

그러나 베니는 착한 소년이었다. 축하해. 베니는 잘 훈련된 미소를 지으며 남학생에게 준비해온 축하 선물을 건넸다. 컵케이크였다. 고맙다. 남학생이 손을 내밀었다. 컵케이크를 받는 남학생의 손톱 밑에 거뭇한 때가 끼어 있는 것이 보였다. 그것을 보자, 베니는 기분이 풀렸다. 진심으로 아름다운 미소가 얼굴에 떠올랐다. 어디 빈곤한 나라에서 10년이고 20년이고 봉사랍시고 해보라지. 그래봐야 너는 그 손톱의 때만큼도 내 아름다움을 따라오지 못할 테지. 베니는 그제야 진심으로 축하 인사를 건넬 수 있었다.

따라올 테면 따라와보라지. 나로 말할 것 같으면, 공인된 아름다운 소년이 아닌가. 베니는 타라의 거울에 비친 자신의 얼굴을 보며 생각했다. 누군가는 이 아름다움이 세상을 구하리라고 했었다. 베니는 생각난 김에 휴대폰으로 인터넷에 접속해 검색어를 입력했다. 아름다운 소년. 그러나 첫 페이지에는 할리우드 배우들이며 남자 아이돌들 사진만 우르르 떴다. 몇 페이지를 넘겨도 마찬가지였다. 그들도 아름답긴 했다. 그러나 자신의 아름다움과는 격이 다르다고 베니는 생각했다. 진짜 아름다운 것은 윤리적이며 도덕적이어야 한다. 나는 윤리적이며 도덕적인 아름다움을 가지고 있다. 나쁜 남자 따위. 나쁜 남자의 시대는 갔다. 진짜 섹시한 것은 착한 것이다. 윤리적이고 도덕적인 것이다. 그러니까 진짜 섹시한 것은 착한 남자, 착한 소년인 자신인 것이다.

아름다운 소년으로 검색하면 제일 먼저 자신의 사진과 기사가 뜨던 때도 있었다. 그로부터 벌써 2년이 지났다. 그래도 베니는 잊지 않았다. 나는 아름다운 소년이다. 이 아름다움이 세상을 구원할 것이다.

*

그날, 베니는 여자친구와 헤어졌다. 엄밀히 말하면 보기 좋게 차였다. 우리 그만 만나. 선아가 말했다. 베니는 어이가 없었다. 사귀자고 쫓아다닐 땐 언제고. 이유도 웃겼다. 내가 너무 아름다운 게 문제라나. 장난하나, 싶었다. 베니도 지금은 안다. 눈에 띄게 아름다운 소년이랑 사귀는 게 평범한 또래 여자아이에게 얼마나 힘에 겨운 일인지. 하지만 그때는 이해가 안됐다.

"야. 그러니까 내가 너무 아름다워서 힘들다는 거야? 너무 아름다워서 헤어지고 싶다니 그게 말이 되냐, 씨, 발아."

베니가 침을 뱉으며 중얼거리자 선아가 깜짝 놀라며 실망한 듯 말했다.

"헤어질 때 본성이 나온다더니 너도 별수없구나. 너도 그런 욕을 하는구나."

선아의 충격받은 표정이 베니를 더 자극했다.

"그래. 나도 너랑 똑같은 인간이야. 나는 뭐 욕도 못할 줄 알았니?"

베니가 소리쳤다.

"이런 지랄 맞은 상황에서 그럼 곱고 바른말만 쓸 거라 기대했니? 웃기지 마, 씨발아."

창백하게 질린 표정으로 선아가 말없이 돌아섰다.

"야, 이거나 가져가."

베니가 목에 두르고 있던 빨간 목도리를 풀어 선아의 등뒤에 던지며 외쳤다. 지난 크리스마스 때 선아가 직접 떠준 목도리였다.

"야, 이것도 가져가라고."

분이 풀리지 않은 베니가 땅에 내팽개쳐진 목도리를 발로 걷어찼다. 땅바닥에 뒹구는 목도리를 보고는 선아가 상처받은 얼굴로 서둘러 그 자리를 벗어났다. 상처 입은 건 난데 왜 네가 그런 표정을 짓는 거지. 목도리를 밟고 또 밟아도 선아는 돌아오지 않고 자존심도 회복되지 않았다. 제기랄. 마침내 베니도 돌아서서 걷기 시작했다. 그러나 몇 발짝 옮기지 못하고 다시 돌아가 목도리에 묻은 흙을 탈탈 털고 목에 감았다. 마음 같아서는 목도리 따위 그냥 땅바닥에 버려두고 오고 싶었지만 겨울바람이 너무 차가운 탓이었다.

그날 밤, 필름이 끊길 정도로 술을 마신 베니는 다음날 오후 늦게 눈을 떴다. 그리고 아는 형이 아르바이트하는 PC방에 놀러갔다가, 자고 일어났더니 유명해졌다는 누군가처럼 자신이 유명해진 것을 알게 되었다. 노숙인에게 목도리를 풀어 둘러주는 모습이 카메라에 찍혀 인터넷에서 화제가 된 것이었다.

전날 밤 일이 어렴풋이 기억났다. 술을 먹고 집에 돌아오는데 그 빨간 목도리가 목을 조이는 것처럼 답답하게 느껴졌다. 쓰레기통에 버릴까 선아네 집에 몰래 던져놓을까 고민하다가 지하철역 앞에 있는 늙고 지저분한 노숙인을 보았다. 선아의 목도리는 저런 아름답지 못한 인간에게나 어울릴 것 같았다. 그래서 그 노숙인에게 주었다. 그는 왠지 거부했으나 그럴수록 오기가 생겼다. 베니는 한사코 그 목도리를 건네주었다. 이 노숙인이 하고 있다면 선아도 이 지하철역 부근을 지나다가 베니의 목도리라는 것을 알아볼 수 있을 것 같았다. 선아가 모욕감을 느끼기를 바랐다. 자신의 선물이 쓰레기처럼 버려진 것을 눈으로 목격하기를 바랐다. 혹시라도 목에 두르고 있지 않을까봐 베니는 직접 노숙인의 목에 둘러주고 아주 꽁꽁 묶어주고 나서야 자리를 떴다. 그런데 그 모습을 누가 지나가다 찍은 모양이었다. 속사정도 모르고 칭찬하는 인터넷의 반응들을 보니 민망하기 이를 데 없었다.

비뚤어진 의도에서 나온 행동이었지만 애초에 좋은 의도였다 해도 생각해보면 대단한 자선활동을 한 것도 아니었다. 사람의 목숨을 구한 것도 아니었고, 그냥 노숙인에게 목도리 하나 주었을 뿐이었다. 별것도 아닌 사진이 왜 이렇게 화제가 되는 걸까, 베니는 궁금했다. 그리고 알게 되었다. 자신이 아름답기 때문이었다. 거지라 해도 잘생기면 이웃나라까지 소식이 전해지고 화제가 되는 세상 아니었던가.

아름다운 소년, 베니는 온라인에서 그렇게 불리기 시작했다. 누군가는 이 아름다움이 세상을 구하리라, 라는 댓글을 달기도 했다. 그 밑에는 솔로인 자신부터 구해줬으면 좋겠다는 댓글이 줄줄이 달렸다. 이런 남자친구 있으면 보고만 있어도 배부르겠다는 반응도 많았다. 보고 있나. 선아에게 소리치고 싶었다. 네가 차버린 남자친구가 이 정도라고. 너 아니어도 나랑 사귀고 싶다는 여자애들이 이렇게 많다고. 혹시라도 못 봤을까봐 베니는 친구의 핸드폰을 빌려 선아에게 인터넷에 뜬 자신의 사진을 보내기도 했다.

베니의 신상을 궁금해하는 사람들이 늘어났다. 뭐야. 왜들 이래. 베니는 살짝 불안해졌다. 자신을 아는 친구들이 이 녀석 이렇게 착한 놈 아니라고 댓글을 달면 어쩌나, 걱정되기 시작한 것이다. 실제로 얘 내가 아는데, 하면서 한두 번 악성댓글이 올라오기도 했다. 그러나 사람들은 크게 개의치 않았다. 베니는 이미 공인된 아름다운 소년이었던 것이다. 다행히 그동안 크게 나쁜 짓 하지 않고 살아오길 잘했다는 생각이 들었다. 좀 뜬다 싶으면 신상 캐기가 유행이었다. 유명인이나 공인이 아니더라도 뭐 하나 뜨면 이름과 나이, 소속은 물론이고 인터넷 상에 올렸던 글이나 자주 가는 사이트까지 드러나 욕먹는 세상이었다. 조심해야겠다고 베니는 생각했다. 언제 어떤 식으로 카메라가 자신을 세상에 노출시킬지 알 수 없었다. 항상 조심하고 또 조심해야 했다. 조심해서 나쁠 것은 없었다.

무엇보다도, 할머니가 기뻐하시는 게 기분 좋았다. 반상회에 갔더니 분리수거 문제로 항상 시비를 걸던 203호 아줌마가 베니의 칭찬을 그렇게 하더라며 할머니가 주름진 얼굴로 함박웃음을 지었다. 불쌍한 늙은이가 저렇게 활짝 웃는 걸 본 게 언제더라. 베니는 자기 안에서 무언가 깨어나기 시작하는 것을 느꼈다.

지역뉴스를 전하는 무슨 케이블 뉴스에서 취재를 나오기도 했다. 뉴스거리도 되게 없나보네, 싶으면서도 뿌듯했다. 그러나 뿌듯함도 잠시였다. 베니의 주위 사람들에게 착한 소년 베니에 대한 증언을 듣겠다는 것이었다. 베니는 불안했다. 말리고 싶었다. 그러나 대놓고 말릴 수도 없었다. 하필이면 취재 대상이 된 게 203호 아줌마랑 아르바이트하는 편의점의 점장이었다. 203호 아줌마와는 사이가 틀어진 지 오래였다. 분리수거 때문에 까탈 부리는 게 치사하고 더러워서 203호의 쓰레기봉투에 몰래 음식물 같은 걸 넣었다가 들킨 후부터였다. 저 학생, 얼굴은 멀쩡히 생겨가지고 쓰레기 같은 짓만 해. 뒤에서 욕하는 걸 듣기도 했다. 그런데 의외였다. 카메라를 들이대자 203호 아줌마는 잔뜩 굳은 얼굴로 최대한 환한 미소를 지으며 칭찬을 하기 시작하는 것이었다. 원래 착한 소년이라나. 자기는 알고 있었다나. 그 인터뷰 영상을 본 후 엘리베이터 안에서 203호 아줌마를 만났다. 다른 때 같으면 분명히 외면했을 터였다. 그러나 베니는 저도 모르게 90도까지는 아니고 한 70도 정도까지 고개를 숙이고 공손히 안녕하세요, 인사를 하고 말았다. 뭐지. 뭐가 바뀌고 있는 거지. 인지할 틈도 없이 자신과 자신의 주변이 조금씩 바뀌기 시작했다. 편의점 점장도 마찬가지였다. 인사성 없고 싸가지 없다고 구박하던 편의점 점장도 갑자기 베니가 착한 놈인 거 원래 알고 있었다고 말도 안 되는 소리를 해댔다. 카메라의 힘인가. 모든 게 신기하기만 했다.

베니는 진짜 착한 소년이 되기 시작했다. 아름다움에는 의무와 책임이 따랐다. 자신의 아름다움은 사람들의 주목을 끌 만했다. 주목을 끌기 시작하면 박수를 보내던 사람들이 언제 손가락질을 하기 시작할지 알 수 없었다. 그러므로 언제나 조심해야 했다.

그리고 무엇보다도, 어디에나 카메라가 있었다. 요즘에는 누구나 핸드폰을 가지고 있었고 핸드폰에 찍혀 인터넷에 뜨는 순간 아는 사람이라곤 30명 내외의 조용한 삶을 살던 일반인이라도 갑자기 이상한 닉네임으로 불리며 몇만의 인구가 알아보는 유명인이 될 수도 있었다. 한 순간의 실수로 아름다운 소년에서 추악한 인간 말종의 자리까지 단숨에 추락할 수도 있는 것이었다.

카메라. 힘을 가진 것은 카메라라고 베니는 생각했다.

어느 날, 길을 걷는데 짐을 들고 있던 반백의 노인이 정류장까지만 함께 들어줄 수 있느냐고 부탁했다. 베니는 별생각 없이 노인을 도와주었다. 저녁에 집에 가는데, 건널목에 서 있던 백발의 노인이 또 베니에게 도움을 청했다. 걸음이 느리니 건널목을 건널 때 자신을 좀 부축해달라는 것이었다. 노인들이란. 혼자서 길도 못 건널 정도면 집에나 있지 왜 민폐를 끼치고 돌아다니는 거람, 생각하는데 문득, 그런 의문이 들었다. 하루에 두 번이나 내게 이런 일이 생기다니. 이건 혹시 몰래카메라가 아닐까? 내가 진짜 착하고 아름다운 소년인지 알아보려고 방송국에서 몰래카메라로 찍고 있는 건 아닐까? 베니는 주위를 둘러보고 싶은 것을 참으며 친절하게 노인을 부축해 건네주었다. 그러나 길을 건너고 나서 한참을 기다려도 숨어 있던 카메라가 나타나는 일은 없었다. 그렇지만 그후에도 길에서 도움이 필요한 인간들을 볼 때마다 몰래카메라일지도 모른다는 생각이 들었고, 아무리 귀찮더라도 카메라를 생각하면 도움을 주지 않을 수가 없었다.

그전에도 베니는 아름다운 소년이었다. 그러나 그날, 그 빨간 목도리 사건 이전에는 자신의 아름다움은 그렇게 사람들의 이목을 끌 만한 것은 아니었다. 베니는 알게 되었다. 선한 것이 아름다운 것이다. 착한 것이 아름다운 것이다. 그리고 아름다운 것이 착한 것이었다. 아름답지 않았다면 자신의 착함도 결코 이 정도로 주목받지는 못했을 것이다. 자신의 아름다움은 착함과 결부되었을 때, 더욱 그 빛을 발하는 것이었다.

처음 베니의 사진이 인터넷에서 화제가 되었을 때는 연예인 지망생 아니냐는 루머도 돌았다. 이런 식으로 홍보해서 연예인으로 데뷔하려 한다는 것이었다. 실제로 소규모의 연예기획사에서 제의가 들어온 적도 있었다. 그러나 베니는 거절했다. 이유는 간단했다. 자신의 아름다움을 훼손하고 싶지 않았던 것이다.

아름다운 소년으로 조금이나마 알려지자 곧 베니의 외모에 대해 트집을 잡는 사람들이 생겨나기 시작했다. 일반인치고는 잘생겼지만 연예인하기에는 별로라느니, 혹은 연예인 하려면 한두 군데 손봐야겠다는 식의 말들이었다. 그런 악의적인 시선으로부터 자신의 아름다움을 보호해야만 했다. 베니는 그렇게 익명의 아름다운 소년으로 남기로 결심했다.

아름다운 것은 소년이다. 그 일이 있고 나서 한 문화비평가가 짧은 글을 남겼다. 아름다운 소년이 이 시대의 희망이라는 뭐 뻔하고 좋은 이야기였다. 그래, 아름다운 것은 소년이다, 라고 베니는 생각했다. 나는 영원히 아름다운 소년으로 남으리라. 그후로 베니는 자신의 몸이 더이상 자라지 않도록 절식하면서 소년다움을 유지하기 위해 노력했다. 베니에게는 자신의 아름다움을 보존할 의무와 책임이 있었다.

사람들은 곧 잊었다. 베니의 뒤를 이어 다른 아름다운 소녀와 아름다운 소년이 나타났고, 그보다 더 많은 나쁜 소녀와 나쁜 소년들이 나타남으로서 베니는 곧 잊혔다. 그러나 베니는 잊을 수 없었다. 베니는 자신이 아름다운 소년이라는 것을 결코 잊을 수 없었다. 그렇다 해도 자신의 아름다움을 어떻게 발전시켜나갈지는 구체적으로 생각하지 못했었다. 그 기사를 보기 전까지는.

*

노블레스 오블리주를 실천하고자 합니다.

신문에서 한 저명인사가 자신의 재산을 뚝 떼어서 불쌍한 이들을 도우며 노블레스 오블리주를 실천하기로 했다는 기사를 보았을 때 아 씨발, 이게 뭐야, 저도 모르게 베니의 입에서는 아름답지 못한 말이 튀어나왔다. 노블레스 오블리주의 뜻을 정확히 찾아보고 나서는 젠장과 제기랄과 씨발이 번갈아 나왔다. 귀족의 사회적 책임이라니. 어쩌자는 거야. 죽이게 근사하잖아? 찔끔, 눈물이 날 정도였다. 세상에는 죽이게 근사한 인간들이 너무 많았다. 자신도 그 죽이게 아름다운 인간들 틈에 끼고 싶었다.

물론 베니는 일반적인 사회 지도층과는 거리가 멀었다. 고등학교를 졸업하고 그리스 식당 주방에서 세번째 보조로 일하는, 이제 막 성년이 된 남자아이에게 누구도 귀족의 사회적 의무를 들이밀 사람은 없을 터였다. 그러나 베니는 꼭 노블레스 오블리주를 실천하고 싶었다. 비록 재산도 명예도 없었지만 베니에게는 아름다움이 있었다. 아름다움이 이 시대의 힘이고 권력이며 은수저를 물고 태어난 모태 귀족의 숨길 수 없는 징표라는 것을 베니는 알고 있었다. 내가 가진 유일한 자산이자 재능인 이 아름다움을 사회적인 미의 완성을 위해, 이놈의 세상이 좀더 아름다워지도록, 마음껏 기부하자고 베니는 결심했다.

그리하여 처음으로 베니가 실천하는 노블레스 오블리주의 혜택을 받은 인간이 바로 타라였다. 서른넷의 싱글, 애정결핍의 고독한 누님을 위로해주는 아름다운 연하남이란 역할. 누구나 할 수 있는 봉사활동과는 다른, 아름다움이라는 재능이 있어야만 가능한 재능 기부였다. 물론 화대를 받긴 했지만 그것 역시 타라의 베풀고자 하는 마음을 받아준 것뿐이었다.

타라만으로는 부족하다. 타라의 오피스텔에서 나오며 베니는 생각했다. 결국 쉼터에는 가지 않았다. 누구나 할 수 있는 봉사활동 말고 자신의 재능을 살릴 수 있는 좀더 근사한 일이 필요했다. 이 아름다움을 마음껏 기부할 수 있는 폼나는 일이 있으면 좋을 텐데, 정말 마음이 맞는 사람들과, 아름다움이란 나의 재능을 나눌 수 있다면 얼마나 좋을까.

베니는 안타까움에 깊은 한숨을 쉬며 '베티의 컵케이크 하우스'로 들어갔다. 타라가 쉼터에 들고 가라고 했던 컵케이크를 환불할 생각이었다.

"베니, 인터넷에 사진 뜬 거 알아?"

베니가 가게로 들어서자 아르바이트생 베티가 기다렸다는 듯이 다가와 흥분한 목소리로 소리쳤다.

"무슨 사진?"

베티의 말을 듣는 순간 짐작되는 것이 있었으나 베니는 짐짓 시치미를 떼고 물었다.

"이거 봐. 베니 맞지?"

베티가 자신의 휴대폰을 건네주었다. 베니는 그것을 들여다보았다. 한 커뮤니티의 사진 게시판에 올라온 것은 낮에 건널목에서 노인을 도와주던 자신의 모습이다. 사진의 제목은 〈아름다war01.〉이었다. 이게 무슨 소리지. 베니는 제목을 소리 내어 읽었다. 아름다워. 아름다운 전쟁이란 뜻인가. 제목은 이상했지만 조회수도 높고 댓글 반응도 좋았다. 길을 건널 때마다 노인들이 있으면 짐을 들어주거나 부축해준 보람을 느꼈다.

"베니 별명도 생겼어."

베티가 웃으며 말했다.

"뭔데?"

"그게, 웃겨, 베니보고 굿보이래."

굿보이라고 하니까 주인이 던져준 뼈다귀나 야구공을 물고 와 칭찬받으려고 꼬리를 흔드는 애완견이 된 기분이었다. 어쨌거나, 나쁘지 않았다.

베니는 베티가 알려준 대로 링크를 타고 들어가 영상을 보았다. 40초짜리 짧은 영상의 제목이 굿보이였다. 도대체 누가 이런 기가 막히게 바람직한 일을 한 걸까. 낮에 길 건너편 화단에 앉아 전문가나 쓸 것 같은 대포카메라를 들고 있던 남자아이가 떠올랐다. 베니는 올린 사람의 닉네임을 보았다. 'joon'이라고 되어 있었다.

*

이것이 나를 만나기 전 베니의 이야기다. 한입의 달콤한 혁명, 굿보이 프로젝트는 그렇게 시작되었다.

3.

모럴의 발명

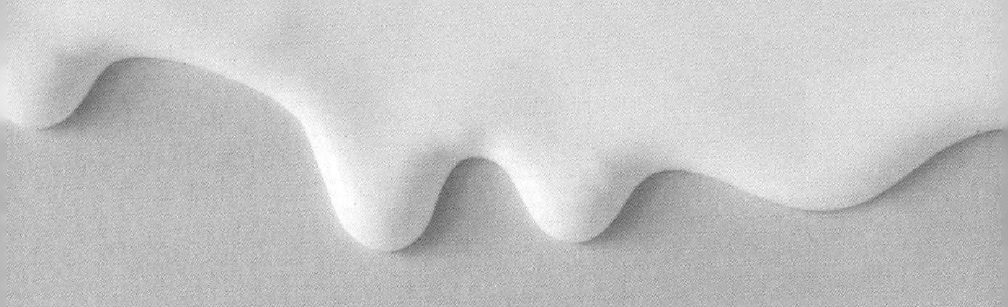

"나는 아름답다."

내가 찍은 사진 속 소년의 티셔츠에는 독특한 타이포그래피로 그런 문구가 새겨져 있었다. 확실히 소년은 아름다웠다. 내가 찍은 사진이 여기저기 퍼져나간 것은 사진에 포착된 선행 때문이지만 반응이 유독 뜨거운 것은 그 피사체의 특별한 아름다움 때문이었다. 평범해 보이는 소년의 사진이 여기저기 퍼져나가 굿보이라는 닉네임까지 붙은 걸 보면.

내가 얼마 전 한 커뮤니티의 게시판에 올렸던 사진은 어느새 네이트판이나 다음카페 같은 곳까지, 사람들이 많이 모이는 사이트 여기저기에 퍼져 있었다. 평범한 사진이었지만 사람들의 반응은 생각보다 더 좋았다. 아름답다, 나도 좋은 일 좀 하고 살아야겠다, 그런 식의 긍정적인 반응들이 많았다. 사진

한 장으로 이런 반응을 끌어낼 수 있다니, 뭔가 세상을 변화시키는 데 나와 카메라가 한몫한 것 같아서 신기하기도 하고 어깨가 으쓱해지기도 했다. 사실 특별할 것 없는 사진이 유독 관심을 끈 것은 소년의 특별한 아름다움 때문인 것 같았다. 내가 포착한 아름다움이 진짜인지 다시 한번 소년을 만나 확인하고 싶어졌다. 그러나 다시 마주치는 행운은 일어나지 않았다.

혹시라도 사진에 소년을 찾을 수 있는 힌트가 숨어 있지 않을까. 나는 사진을 찬찬히 살펴보았다. 소년이 입고 있는 티셔츠가 눈에 들어왔다. 소년의 티셔츠에 '나는 아름답다'라는 문구가 적혀 있었던 게 기억이 났다. 아무래도 무슨 단체에서 나눠준 기념품 티셔츠 같은 게 아닐까 싶었다. 그러고 보니 '나는 아름답다'라고 쓰인 그 글씨체를 어디서 본 것 같았다. 나는 그날 찍은 수많은 거리 풍경 사진을 다시 훑어보기 시작했다. 그리고 한 컵케이크 하우스 앞에서 그와 똑같은 티셔츠를 입은 사람이 찍힌 것을 찾았다. 그곳에 가면 소년에 관한 정보를 얻을 수 있을 것 같았다.

그렇게 그곳을 찾아가다가 나는 너구리굴같이 입구가 좁은 가게 앞에 걸린 티셔츠를 보고는 깜짝 놀랐다. 그 문구 아래에는 내가 찍은 소년의 사진이 프린트되어 있었다. 가로세로 자르긴 했지만 사진 속의 소년은 내가 찍은 모습이 분명했다. 내 사진이 티셔츠가 되다니. 그것도 나도 모르게. 이건 좋아해야 할지 화를 내야 할지 알 수 없었다. 그래서 나는 그냥 어중간하게 어라, 요것 봐라, 하는 심정으로 걸려 있는 티셔츠를 빼어 살펴보기 시작했다.

그때, 가게 안쪽에서 덥수룩한 머리의 히피 같은 남자가 나왔다. 그가 나중에 굿보이 프로젝트를 함께하게 될 패거리 중의 참모 격인 요한이었다.

"괜찮지? 요새 제일 잘 나가는 디자인이야."

담배를 피워 문 요한이 말했다. 솔직히 말하면 외모만 봤을 때 그는 내가 딱 싫어하는 타입이었다. 킬킬대며 담뱃불로 아무렇지 않게 티셔츠에 구멍을 내고는 이게 바로 디자인이다, 하면서 예술가인 척할 것 같은 생김새. 나는 예술하게 생긴 얼굴에 알레르기가 있었다. 복숭아와 바퀴벌레와 예술하게 생긴 얼굴. 그 세 가지가 나를 소름 돋게 하는 삼총사였다. 그러니까 나의 아름다운 전쟁터, '아름다war'에서 가장 먼저 무찔러야 할 적은 1) 복숭아, 2) 바퀴벌레, 3) 예술하게 생긴 얼굴이란 말이었다.

"멍때리는 거냐 옷을 고르고 있는 거냐?"

사실 멍때리고 있었지만 나는 옷을 고르고 있었던 양 티셔츠를 만지작거렸다.

"맘에 들면 입어봐. 이 티셔츠만 입으면 너도 바로 굿—보이."

웃기려는 건지 티셔츠에 새긴 굿보이란 문구를 가리키며 그가 말했다. 하나도 안 웃겼지만 나는 피식 웃어줬다. 나는 뭐, 비굴하니까. 그리고 내가 익살이라는 걸 떨 때 사람들이 웃어주지 않을 때의 심정이 얼마나 비참한지 아니까. 그리고 나는 우호적인 분위기를 형성하고 싶었다. 내게는 들어야 할 답이 있었던 것이다.

"저기, 이 사진 말인데요, 혹시 직접 찍으신 거예요?"

"그건 왜?"

요한의 표정이 굳어졌다. 경계하는 표정. 그래도 다행히 그리 험상궂은 인상은 아니었다. 나는 용기를 내어 말을 꺼냈다.

"그게, 제가 찍은 사진 같아서요."

그러자 굳었던 요한의 표정에 생기가 돌았다. 그러더니 대뜸 가게 안을 향해 소리치기 시작했다.

"야 베니! 네 사진 찍어준 애 찾았어! 나와봐!"

베니? 혹시 그 소년의 이름인가? 그 소년이 여기에 있다는 건가? 가슴이 두근거리기 시작했다. 나는 어둠 속을 응시했다. 너구리굴처럼 음침한 안쪽에서 누군가 걸어나왔다. 호리호리한 몸, 아름다운 얼굴. 그가 나의 첫번째 굿보이, 베니였다.

*

"나는 또 태양 아래 한 천사가 서 있는 것을 보았다-요한묵시록 19장 17절."

요한의 가게 벽에는 이런 글귀가 새겨져 있었다. 붉은색 래

커로 화장실 낙서처럼 적어놓은 게 성경 구절이라니. 티셔츠 가게에 어울리지 않는 것 같으면서도 묘하게 잘 어울린다는 생각이 들었다.

내가 베니가 입은 티셔츠를 보고 '베티의 컵케이크 하우스'를 찾아가고 있었다는 이야기를 하자 요한이 베니에게 말했다.

"내 티셔츠가 뭔가 해낼 줄 알았다니까."

무슨 소리람. 나는 어리둥절한 채 두 사람의 모습을 멍하니 바라보았다.

"요한은 티셔츠로 메시지를 전달해. 그리고 자신의 티셔츠가 사람들에게 말을 걸어주길 원해. 같은 제복을 입은 사람들이 소속감을 느끼는 것처럼, 요한의 티셔츠를 입은 사람들끼리 뜻이 통하고 생각이 통하면, 그들만의 연대를 통해 뭔가 의미 있는 일을 만들어낼 수 있을 거라고 믿는 거지. 요한에게는 티셔츠가 세상의 전부야."

베니가 설명했다. 베니가 하는 말의 내용은 건성으로 들으며 나는 뭐야, 목소리도 잘생겼네, 감탄했다. 아니, 잘생겼다기보다는 예쁘다고 해야 하나. 아직 변성기를 거치지 않은 소년처럼, 빈소년합창단의 촉망받는 솔리스트라도 되는 듯 중성적인 맑은 목소리였다. 내가 베니의 말 내용에는 별반 관심을 갖지 않는다는 걸 눈치채지 못했는지 요한은 괜스레 비장한 말투로 이야기를 꺼냈다.

"죽으려고 생각하고 있었어."

무슨 소릴 하려는 건가. 나는 요한과 베니를 번갈아 쳐다보았다. 또 시작이군, 이라는 듯이 베니는 웃으며 들고 있던 시집을 들추기 시작했다. 눈으로는 베니를 보며, 나는 요한의 이야기를 들었다.

"죽으려고 생각하고 있었다니까. 실연 따위로 죽을 결심까지 하냐고 한심해하겠지만, 그 당시에는 실제로 그런 생각이 들었어. 스물일곱, 한창 피가 뜨거울 때 아니냐. 그런데 설날 반팔 티셔츠를 한 장 선물받은 거야. 뭐, 색다를 것도 없는, 검은색 V라인 기본티에 흰색으로 대문자 T를 앞판에 크게 새긴 아주 평범한 티셔츠였어. 그런데 이상하게 그게 썩 마음에 들더라고. 그래서 그 옷을 입어봤지. 그리고 거울을 봤는데, 그 옷을 입은 모습이 꽤나 멋진 거야. 날 차버린 여자친구에게 보여주고 싶다는 생각이 들더라. 이 티셔츠를 입은 내 모습을 보면 여자친구는 내가 바보 같은 짓을 했어, 내가 왜 이 남자를 찼을까, 땅을 치며 후회할 게 분명해 보였거든. 그것은 반팔 티셔츠였어. 아무래도 여름까지는 살아 있어야겠다고, 나는 결심했지. 그리고 여름이 되자, 실연 따위로 죽는 것은 정말 한심한 일이라는 걸 깨닫게 되고 말았어. 그러니까, 나를 살린 것은 그 T, 한 장의 티셔츠였어."

그것이 자신이 티셔츠와 사랑에 빠지게 된 계기라고 요한은 말했다. 저기, 그건 다자이 오사무의 소설에서 본 내용과 너무 비슷한데요. 나는 태클을 걸고 싶었지만 뭐 그런 일이 소설 속의 인물에게만 일어나는 것이 아니라 요한에게도 있을 법하다고 수긍하기로 했다.

요한이 덧붙였다.

"생각해봐. 한 장의 티셔츠에는 세계의 모든 것이 담겨 있어. 슈퍼맨과 배트맨, 간디와 마릴린 먼로, 피카소와 아인슈타인과 베토벤과 잭 더 리퍼와 예수, 유령과 피노키오, 피사의 사탑과 그랜드캐니언, 은하철도, 펭귄과 방울뱀, 베레타 M92와 개망초꽃, 전쟁과 평화, LOVE YOU와 FUCK YOU까지 티셔츠에는 그 모든 것이 있어. 가장 위대한 건 티셔츠라고."

나는 요한의 말이 웃긴다고 생각했지만 그 허세 가득한 말들에는 자신이 보잘것없는 존재라는 걸 아는 사람의 단순한 열정 같은 게 느껴져서 진지하게 고개를 끄덕였다. 그러니까, 티셔츠에 생명을 구합시다, 착하게 삽시다, 따위의 흔한 슬로건을 새겨서 자기 딴에는 세상에 도움이 되는 메시지를 전달하겠다는 거 아닌가, 싶으니 나보다 한참 어른인 요한이 귀여워 보이기까지 했다.

나에게 카메라가 있듯이 요한에게는 티셔츠가 있는 걸까. 그렇게 생각하니 요한이 이해가 되었다. 내가 카메라를 들고 세상 밖으로 나왔듯이, 요한에게는 티셔츠가 구명보트 같은 역할을 해주는 것이리라. 누구나 세상의 거친 바다에서 살아남으려면 하나씩의 구명보트는 필요한 법이었다.

*

"이게 그 카메라구나."

요한이 카메라를 빼앗아 살펴보며 물었다.

"이건 완전히 전문가 수준인데? 너 돈 좀 있나보다?"

요한의 질문에 나는 솔직히 말했다.

"학원비 삥땅 쳐서 산 거예요."

"보기보다 나쁜 애구나."

요한이 카메라를 내 얼굴에 들이대며 말했다. 베니가 풉, 하고 웃었다. 왠지 베니의 시선이 조금 전보다 따뜻해진 것 같았다. 나쁜 아이를 좋아하는 취향인가.

"근사한데."

요한이 카메라를 돌려주며 물었다.

"베니 말고, 뭐 근사한 거 찍은 거 없어?"

"아직은." 나는 고개를 저었다.

"뭘 찍고 싶은데?"

"그냥, 아름다운 거요." 나는 머뭇거리며 대답했다.

"아름다운 거라. 넌 뭐가 아름답다고 생각하는데?"

나는 대답 대신 가만히 베니를 쳐다보았다. 나와 눈이 마주친 베니의 얼굴에 웃음이 번졌다.

"나 말이야?"

"응."

"날 찍고 싶니?"

"너만 괜찮다면."

카메라는 힘이 세다. 카메라를 들고 있으니, 얼마든지 아름다움을 관찰해도 좋다는 허가증을 얻은 것 같았다.

"진짜 아름다운 게 뭔지 알아?"

우리를 살펴보던 요한이 말했다.

"뭔데요?"

"베니, 너는 알지?"

베니가 고개를 끄덕였다.

"착한 것. 윤리적이고 도덕적인 것."

이미 여러 번 나눈 이야기인 듯 베니가 대답했다.

"티셔츠를 만들면서 말이야, 나는 인간의 욕망에 대해서 많은 것들을 생각하게 됐어."

요한이 말을 시작했다.

"사람들이 가장 원하는 게 뭘까. 그걸 알아야 모두가 유니폼처럼 걸치고 다닐 수 있는 절대 티셔츠를 만들 수 있지 않겠어? 나는 고민했지. 그리고 내가 내린 결론이 뭔 줄 알아?"

알 리가 없잖아요. 생각하며 나는 고개를 저었다.

"생각해봐. 사람들의 가장 보편적인 질문이 뭐겠니?"

"퀴즈예요?"

"그래. 네 대답이 마음에 들면 내가 티셔츠 한 장 공짜로 줄게."

티셔츠는 탐나지 않았지만, 무언가 근사한 대답이 나오길 바라며 쳐다보고 있는 베니의 기대를 저버리고 싶지는 않았다.

"글쎄요. 음…… 나는 왜 이 모양일까?"

베니가 웃었다. 에잇. 정말 나는 왜 이 모양이지. 왜 이런 모양 빠지는 대답밖에 못하는 거지. 나도 모르게 얼굴이 벌겋게 달아오르는 게 느껴졌다.

"아니야 아니야 나쁘지 않아. 그것도 맞는 말이야."

요한이 진지하게 말했다. 그리고 덧붙였다.

"아마 사람들의 욕망은 그 질문에서부터 시작될 거야. 나는 왜 이 따위일까. 세상은 왜 이 모양일까. 어떻게 하면 지금보다 나아질 수 있을까. 그 모든 질문을 다 모아보니 사람들이 궁극적으로 원하는 건 단 하나더란 말이지. 어떻게 하면 우리는 행복하게 살 수 있을까."

별다른 것도 아니잖아. 시시하다고 생각했으나 나는 진지하게 듣는 베니의 눈치를 보며 요한의 말을 계속 들었다.

"중요한 건 말이야, 처음에는 나도, 그게 어떻게 하면 남보다 행복하게 살 수 있을까, 그런 건줄 알았어. 근데 질문을 계속 던지다보니, 결국엔 다른 사람들도 이런 질문에 도달하게 된다는 사실을 깨달았어. 어떻게 하면 같이, 행복할 수 있을까? 다함께 아름다운 세상을 만들 수 있을까?"

베니가 동의하듯 고개를 끄덕였다.

"사람은 말이야, 결국 사회적 동물이거든. 그리고 대단히 약하고 욕심이 많은 이기적인 동물이고. 그래서 혼자만 행복한 것으로는 만족을 못하는 거지. 혼자서 아무리 행복해도 남들이 불행하게 사는 꼴을 보면 자기 마음이 불편해지니까. 혼자 행복한 걸로는 만족하지 못하고 다 같이 행복하기를 바라게 되는 거야. 이 세상이 자신으로 인해 더 아름다워지기를 꿈꾸는 거지. 그러니까 우리는 사람들의 욕망, 더 아름다운 세상을 만들려는 사람들의 욕망을 꿰뚫어보면 되는 거야. 그리하여 나는 결론을 내렸지. 아름다운 것은 착한 것이다."

그래서 뭘 어쩌라는 거지. 내게 왜 이런 이야기를 하는 걸까 어리둥절해하며 나는 요한을 보았다.

"그러니까 네가 진짜 아름다운 것을 찍으려면, 윤리적인 풍경을 찾아야 해."

요한이 말했다.

"사람들은 섹시한 걸 좋아해. 그건 알지? 근데 지금 가장 섹시한 건 내가 생각할 때 바로 착한 거거든. 섹시하다는 게 뭐야. 성적으로 흥분된다는 거잖아. 그리고 성적으로 흥분되는 건 결국 교접을 통해 자손을 낳고 싶다는 데서 출발한 거거든. 자신의 씨를 뿌려 후손을 남기고 싶다. 세상을 계속 유지시키고 싶다. 그런데 봐봐, 지금 세상은 종말을 향해 가고 있어. 이 때에 세상의 생명을 연장시키기 위해서는 뭐가 필요할까? 바로 진짜 선이야. 세상이 끝나는 이유는 인간들이 타락해서다,

라는 것은 종교인이 아니더라도 사람들이 보편적으로 가지고 있는 죄의식이거든. 그러니까 지금 섹시함의 키워드는 바로 선이라는 거야. 윤리적 소비란 말 들어봤지? 요즘 같은 불황기에 가장 장사가 되는 게 바로 윤리적인 거잖아. 착한 기업이니 사회적 나눔이니 힐링이니 인기를 끄는 것 좀 보라고. 티셔츠도 에코티셔츠며 각종 캠페인성 티셔츠들이 잘 팔리고 말이야. 그런 의미에서, 굿보이라는 너의 작업은 아주 훌륭했어. 모델 선정도 좋았고 아름다운 장면을 제대로 포착해냈어. 덕분에 티셔츠도 잘 팔렸고."

요한이 굿보이 티셔츠 한 장을 선물이라며 내게 건네고는 말을 이었다.

"계속해볼 생각 없어?"

"뭘요?"

"굿보이 사진 말이야. 아예 시리즈물로 계속 찍어보면 어떻겠냐고. 너는 베니와 같이 사진을 찍고, 나는 그걸로 티셔츠를 만드는 거야. 진짜 아름다움을 담은 티셔츠들이 거리를 물들이는 걸 상상해봐. 여기를 봐도 굿보이, 저기를 봐도 굿보이. 거리에서 그런 티셔츠를 입은 사람들을 보면 누구나 좋은 일을 하고 싶어지지 않겠어? 얼마나 아름답겠냐고."

나는 그저 우연히 길에서 한 아름다운 소년의 아름다운 장면을 목격하고 사진을 찍었을 뿐이었다. 그런데 뭐가 그렇게 거창한지 이해할 수 없었다. 아무 말도 못하는 날 보며 베니가 말을 꺼냈다.

“나는 언제나 내 아름다움으로 무엇을 할 수 있을까 고민했어.”

나는 좀 당황했다. 베니가 아름다운 소년이긴 했지만 스스로 저렇게 말할 줄은 몰랐던 것이다. 그러나 베니는 아무렇지 않은 듯 말을 이었다.

“네가 찍은 사진을 봤어. 재미있는 건 그 사진을 보면서 사람들이 자신도 착한 일을 하고 싶다는 생각을 하더라는 거야. 사람들의 욕망 중에서 가장 큰 것은 어쩌면 착한 일을 하고 싶은 욕망, 스스로 아름다워지고 싶은 욕망이 아닐까 나는 생각해. 누구나 아름답게 태어나는 것은 아니지만 아름다운 실천을 할 수는 있는 거니까. 너도 느꼈겠지만, 카메라는 힘이 세. 사람들은 카메라 앞에서 평소보다 더 예쁜 표정을 짓곤 하잖아. 우리가 카메라를 들이대면, 다소 의식적이라 할지라도 사람들이 착한 행동을 하도록 유도할 수 있지 않을까? 나의 아름다움과 너의 카메라, 그게 뭉친다면, 어쩌면 세상을 더 아름답게 변화시킬 수 있을지도 몰라. 어때, 같이 해볼래?”

여전히 어리둥절해 있는 나를 보며 요한이 결정적인 한마디를 했다.

“너 돈 필요하지? 내가 건당 수당 챙겨줄 테니까 찍사 아르바이트해보라는 이야기야.”

돈이라면, 물론 필요했다. 나는 그제야 고개를 끄덕였다.

그렇게 나는 카메라를 들고 그들의 프로젝트에 합류하게 되었다.

4.

굿보이 프로젝트

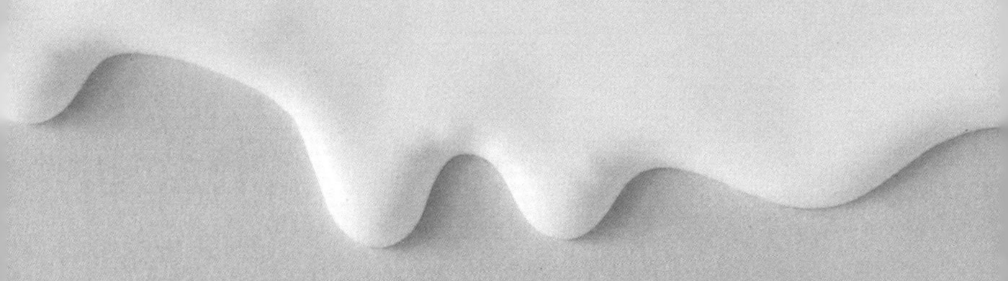

"편의점에서 진짜 훈남을 보다."

거리의 노숙인을 편의점에 데려와 김밥과 컵라면을 사주는 베니의 사진과 후기를 네이트판에 올린 것은 베티였다.

제가 편의점에서 아르바이트를 하는데요, 어느 날 딱 보기에도 안 어울리는 커플이 들어오는 거예요. 할머니는 그냥 봐도 구질구질한 게 노숙인 삘이었고 남자는 사진에서 보다시피 완전 훈훈하게 생긴 훈남! 그런데 남자는 들어오시라고 하고 할머니는 자꾸만 사양하고…… 보니까 노숙인 할머니에게 간단한 음식이라도 사드리려고 하는 거더라구요.

사실 편의점에 노숙인분들 들어오는 거 솔직히 좀 그렇잖아요? 저도 나쁜 사람은 아니지만 냄새도 나고, 이것저것 만지작거리면 신경쓰이고…… 그런데 그 훈남은 완전 깔끔하게 잘생겨가지고는 냄새나고 더러운 거 신경도 안 쓰고 막 노숙인 할머니를 부축해서는 편의점 한쪽 테이블에 나란히 앉아가지고 도시락도 먹여드리고 우유도 사드리고 물티슈로 손도 닦아드리고, 그러는 거 있죠. 우와…… 진짜 편의점 알바 생활 2년 만에 그런 광경은 처음 봤다니까요.
근데 훈남 얼굴이 어쩐지 낯이 익은 게, 전에 여기에도 사진이 한번 올라온 적 있었던 그 굿보이더라고요. 그때도 사진보고 와 훈훈하다 했었는데 직접 보니까 이래서 굿보이라고 하는구나, 알겠던데요. 진짜 완전 대박! 번호 따고 싶은 걸 겨우 참았네요.

편의점 아이디어를 낸 것은 요한이었다. 한눈에 보기에도 베니와의 극명한 대비효과가 시선을 끌 만하다는 점에서 늙고 초라한 노숙인을 대상으로 삼고, 가장 목격되기 좋고 그런 일이 있어날 법한 공간이라는 점에서 편의점을 배경으로, 또래의 여자애들과 공감대를 형성하기 좋은 베티가 후기와 사진을 올리기로 했다.

처음에 요한이 아이디어를 냈을 때, 나는 좀 회의적이었다. 내가 처음에 올린 베니의 사진이 생각지도 않게 반응이 좋긴 했지만 그뿐이었다. 이런 사진 몇 장 올리는 것으로 좋은 파장을 불러일으킬 수 있다고 믿다니, 정말 뭔가를 태동하게 할 수 있다고 생각하다니, 너무 세상을 만만하게 보는 거 아닐까 걱정되기도 했다. 그러나 뭐, 내가 손해볼 건 없었다. 나는 카메라 뒤에 숨어 일이 진행되어가는 과정을 조용히 지켜보기로 했다.

선뜻 요한의 계획에 동참한 베티는 '베티의 컵케이크 하우스'에서 아르바이트하는 여자아이였는데 요한의 말에 의하면 소위 일류대라는 곳에 합격했음에도 대학 진학을 포기했다는 것이었다. 본인 말로는 아직 레이스를 시작할 준비가 안 되었다고 했다는데, 내가 볼 땐 자신은 특별한 줄 알지만 그냥 남과 달라 보이고 싶어 하는 흔한 스무 살의 여자애였다. 그리고 좋은 대학을 포기했으면 그걸로 그만이지, 그런 사연을 베니나 요한까지 다 알고 있는 걸 보니 좋은 대학에 합격했지만 스스로 포기했다, 라는 점을 자신을 돋보이게 하는 일종의 브랜딩 도구로 활용하는 것 같아서 나는 결정적으로 그 점이 마음에 안 들었다.

베티 역시 나를 마음에 들어 하지 않기는 마찬가지였다. 베니 옆에 있는 나는 길가에 뒹구는 돌멩이 취급도 못 받았다. 기분 나빴지만 충분히 이해가 가는 상황이었다. 베니에 비하면 나는 지극히 볼품없는 사내 녀석인 것이다. 베니보다 잘난 것은 아무것도 없었다. 게다가 지난가을과 겨울 내내 집에서 뒹굴며 몸도 불고 얼굴에도 살이 올라 이목구비가 무뎌지고 피부도 더러워졌다. 살찌기 전에는 그래도 평범한 얼굴이었으나 살이 찌니 눈도 작아지고 턱선도 실종되고 트러블도 생겨서 확실히 베니 같은 소년과 함께 있으면 더할 나위 없이 못생겨

보일 터였다.

어쨌건 베티는 또래 여자애들이 많이 모이는 게시판과 인터넷 카페 등에 베니의 사진을 올렸다. 그리고 미니홈피와 페이스북, 트위터 등에도 사진을 올리기 시작했다. 아름다운 소년 베니의 사진은 SNS를 통해 빠르게 전파되었다. '내가 만난 굿보이' '편의점에서 만난 미소년' '흔한 서울의 착한 소년' '얼굴도 훈남, 마음은 더 훈남' 따위의 다양한 제목들로 사진은 퍼져나갔다. 나는 실제로, 지금은 쓰지 않는 형의 트위터, 혹시라도 형의 소식을 들을 수 있을까 싶어 매일 지켜보던 형의 트위터의 타임라인에 누군가가 리트윗한 베니의 사진이 뜬 것을 보았다. 베니의 사진은 돌고 돌아 다시 출발점으로까지 돌아온 것이었다. "내가 말했지. 아름다움은 힘이 세다니까." 요한이 어깨를 으쓱하며 말했다.

며칠 후 사진을 올린 인터넷 카페를 확인해보니 확실히 파급효과가 있었다. 사람들이 베니만이 아니라 자신이 거리에서 만난 굿보이의 사진과 이야기를 올리기 시작한 것이었다. 폐지를 줍는 노인의 리어카를 뒤에서 밀어주는 잘생긴 남학생의 모습이 그중에 인기를 끌었다. 이러다 굿보이 시리즈 나오겠는데요, 바람직합니다, 사람들이 댓글을 남겼다. 지켜보던 요한이 한마디했다.

"굿보이 시리즈 말이야, 우리가 먼저 생각한 거잖아?"

뭐야. 저작권이라도 주장하는 건가. 그렇게 따지면 제일 먼저 시작한 건 난데, 라고 말하고 싶었지만 참았다.

"이러다가 빼앗기겠다. 빨리 시작해야겠어." 요한이 심각하게 말했다.

"뭘요?"

"굿보이 프로젝트."

그렇게 해서 정말로, 굿보이 프로젝트를 위한 첫번째 회합이 열렸다.

*

모인 패거리는 요한과 베니와 나, 베티와 타라까지, 모두 다섯 명이었다. 나는 그때 타라를 처음 보았다.

"좋은 일을 계획하고 있었으면 제일 먼저 나한테 말을 했어야지."

타라가 앙탈을 부리듯 말했다.

"미안."

베니가 미안하다며 타라의 팔을 쓰다듬어 달랬다. 그냥 보기에도 열 살 차이는 나 보이는데…… 도대체 둘이 무슨 사인지 궁금해하다가 나는 테이블 밑에서 타라가 베니의 허벅지에 손을 올려놓고 있는 것을 보았다. 나는 깜짝 놀라 테이블에 둘러앉은 다른 사람들의 표정을 살폈다. 아는지 모르는지 다들 베니와 타라에게는 신경쓰지 않는 것 같았다. 둘이 사귀는 걸까. 다소 충격을 받았지만 못 본 척했다. 베티는 알고 있을까. 슬쩍 베티의 표정을 살폈다. 베티는 아는 것도 같고 모르는 것도 같았다. 그 나이의 여자애들은 앙큼한 데가 있으니까. 알 수 없었다.

"누구예요?"

타라가 잠시 화장실에 간 사이 요한에게 물어보았다.

"흔한 속물이야."

"속물인데 좋은 일을 하고 싶어 한다고요?"

"속물이니까."

요한의 말은 대부분 궤변에 불과했으나 그 말투 때문인지 수긍하게 만드는 구석이 있었다.

"좋은 일이란 타라에게는 쁘띠성형 같은 거거든." 요한이 덧붙였다.

쁘띠성형이 뭐지. 내가 못 알아듣는 걸 보고 답답하다는 듯 대신 설명해준 것은 베티였다. 베티의 말에 의하면 피부를 찢거나 실리콘을 삽입하거나 해서 복잡한 시술이나 긴 회복 기간이 필요한 게 아니라 간단하게 주사 한 방으로 코끝을 높이는 것처럼 작은 의학적 도움으로 예뻐지는 성형을 '쁘띠성형'이라 한다고 했다. 베니를 통해서 가벼운 기부나 자선을 하는 것은 타라에게는 더 예뻐 보이려고 볼에 보조개를 찍는 쁘띠성형을 하는 일과 같다고 요한은 말했다. 예뻐지고 싶은 사람의 욕망은 끝이 없으니까. 베티가 덧붙였다.

"어차피 이타심이란 것도 따지고 보면 다 이기심을 바탕으로 나오는 건데 뭐. 나도 내가 아름다워지고 싶어서 아름다운 일들을 하는 것뿐이야. 속물로 치면 내가 제일 속물일걸."

"베니는 너무 착해. 말도 어쩜 그렇게 예쁘게 해?"

베티는 베니가 뭘 하건 그저 좋은 모양이었다. 같은 말이라도 못난 내가 하면 그래도 자기가 속물인 건 아네, 가 되는 것이고 잘난 베니가 하면 어쩜 겸손하기까지, 가 되는 거겠지. 인생 다 그런 거 아니겠어. 나는 괜한 심술에 테이블 밑에서 휴대폰으로 베니를 찍은 사진을 불러내서 어플을 이용해 눈을 찌그러뜨리거나 얼굴을 늘이거나 코를 주먹만하게 바꾸어 괴물처럼 만들며 장난을 쳤다. 아무리 아름다운 얼굴도 이렇게 쉽게 추해질 수 있는 건데, 그때도 저런 소리를 할까. 당연히 아니겠지. 어쩌면 베니의 내면은 이렇게 일그러져 있을지도 몰랐다. 엑스레이처럼, 내면의 모습이 찍히는 어플이 나온다면 어떨까. 세상은 일대 혼란이 생기고 그때까지 외모 덕분에 대접받던 사람들과 무시받던 사람들의 지위가 단숨에 바뀔지도 모른다. 그러나 사실, 그런 어플이 나오면 제일 두려워할 사람은 나였다.

"우선은 굿보이 사이트를 하나 만들자."

타라가 돌아오자 요한이 자신의 계획을 설명했다.

"일종의 몰래카메라 같은 걸 시리즈로 올리는 거야. 요즘 인터넷에 보면 안 좋은 영상들이 매일 뜨잖아. 지하철 무슨 남,

버스 무슨 여, 하는 식으로 말이야. 그런 게 자극적이고 욕하면서 보는 재미는 있지만 인민재판도 아니고 좀 지나치다는 생각이 들지 않아? 그러니까 우리는 반대로 사소하지만 착한 일하는 사람들을 찍어서 올리는 거야. 베니의 굿보이 사진처럼 우리가 굿보이들을 발굴하고, 또 그런 영상들을 사람들이 올리도록 선도하는 거지. 그러다보면 분명히 좋은 영향을 받는 사람들이 하나둘씩 생길 거라고."

"재미있겠다. 여기저기 퍼뜨리는 건 내가 할게. 그건 내가 할 수 있어."

베티가 제일 적극적인 것은 베니와 함께 무언가를 할 수 있다는 것 때문일 터였다.

"몰래 찍은 영상을 함부로 올리면 싫어하지 않을까?"

조심스러운 건 베니였다.

"먼저 허락을 받아야지."

"싫어하면?"

"이왕이면, 보상도 해주면 어떨까?"

타라가 새로운 아이디어를 내놓았다.

"매일매일 우리가 오늘의 굿보이를 선정하고, 그리고 그 사람에게 칭찬의 의미로 컵케이크 같은 걸 선물하는 거야."

"그걸로 될까?"

"사람들은 단순해서, 작은 보상이라도 선물이 있으면 좋아할 거야. 컵케이크를 받기 위해 착한 일을 하는 사람들도 생길지 몰라."

정말 그럴까…… 나는 아무래도 회의적이었다. 이 사람들이 하려는 게 정확히 뭔지 알 수 없었다. 그저 자기들이 뭔가 좋은 일을 계획하고 있다는 그 사실에 그저 들떴을 뿐인 것 같았다.

"그게 아니라도, 사람들의 흥미를 끌려면 컵케이크처럼 화려하게 시선을 모으면서 쉽게 접근할 수 있는 게 필요하긴 하겠다. 개인이 하는 선행이 한입에 먹을 수 있는 컵케이크처럼 달콤하고 아름다운 실천이라는 의미를 부여한다면 좋을 것 같아. 이왕이면 우리가 컵케이크도 직접 만들면 어떨까?"

베니가 제안했다. 베니의 말을 듣고 보니 그럴듯했다. 컵케이크처럼 달콤하고 아름다운 작은 선행을 발굴하고 그것을 축하한다…… 비로소 뭔가 좀 감이 왔다.

"컵케이크 만드는 건 내가 할 수 있어."

베티가 소리쳤다.

"요즘 사장님한테 컵케이크 만드는 법 배우고 있거든. 조금만 더 연습하면 컵케이크는 내가 직접 만들 수 있을 거야."

"그런데 그러면 재료비며…… 돈이 많이 들잖아." 내가 말했다.

다들 너무 꿈같은 소리만 하고 있는 것 같았다. 그 돈은 어디서 구한단 말인가. 아무리 좋은 일이라지만 계속 우리 시간과 돈을 쏟아부으면서 하기는 무리일 것 같았다.

"돈은 따라오게 되어 있어." 요한이 말했다.

"어떻게?"

"요즘 돈의 흐름은 윤리적 소비와 나눔에 있다니까. 우리가 옳다고 생각하는 일을 제대로만 해내면, 돈은 자연히 따라올 거야." 꿈같은 소리를 요한은 너무 쉽게 했다.

"소셜비즈니스라고 요새 뜨는 사회적 기업들을 봐. 다 휴머니즘, 감성적 소통을 기반으로 하는 거라고. 착한 기업들 몇 개 살펴보고 벤치마킹해서 괜찮은 아이템과 진실성 있는 가치관으로 밀어붙이면 좋은 일도 하고 돈도 벌고. 승산이 있어. 지금 사람들의 욕망은 나눔과 도덕적인 삶에 있어. 그 욕망을 건드려주기만 하면 돼. 타라나 나는 온라인쇼핑몰을 해본 경험도 있고. 이것저것 따지면 아무것도 못해. 일단 시작하고 보자. 옳은 일을 하고 있다고 생각하면 밀어붙이는 게 필요해. 젊다는 게 뭐냐."

무슨 교육용 청소년영화에나 나올 법한 말투로 요한이 내 어깨를 툭툭 치며 말했다.

"사람이란 자고로 아름다움을 숭배함으로써 자신을 완벽하게 만들고자 하는 본성이 있거든. 그들이 덥석 물 만한 아름다움을 던져주기만 하면 돼."

그때는 몰랐지만, 요한이 확신에 찬 어조로 뱉은 첫마디는 단테의 말이었다. 며칠 지켜보니 요한이 하는 멋진 말은 대부분 요한이 팔로잉하는 트위터에서 따온 말이었다. 요한은 이런저런 철학가니 예술가, 종교인들과 유명인들, 혹은 그들의 이름으로 된 트윗봇들을 팔로잉하고는, 타임라인에 뜬 경구들 중에서 그럴듯한 것들을 자기의 말인 양 내뱉으며 잘난 척하기를 좋아하는 것이었다. 얼마나 얄팍한가. 철학가들의 사상과 정신을 이해하기 위해 그들의 책 한 권도 읽지 않으면서 그냥 짤막한 좋은 글귀들이나 따다가 자신의 말인 양 내뱉다니.

그러고 보니, 그것이 바로 요한의 쁘띠성형이었다. 참 못났구나 싶으면서도 요한이 이런 일에 열정적으로 달려드는 것도 새삼 이해가 되었다. 어쨌거나 세상을 바꾸고 싶은 꿈을 꾸는 건 세상이 맘에 안 드는 못난이들뿐일 터였다. 세상을 바꿀 수 있는 것 역시 잘난 사람들이 아니라 못난 사람들, 저마다의 방식으로 쁘띠성형을 꿈꾸는 우리 같은 사람들뿐인지도 몰랐다.

*

한입의 달콤한 혁명, 착한 사람들을 위한 베니 굿맨의 컵케이크 사이트를 오픈할 준비가 마침내 끝이 났다.

"세상에 굿보이들이 넘쳐나기를. 달콤하고 아름다운 개인의 혁명이 이루어지기를."

사이트 오픈 기념 축배를 들며 요한이 말했다. 컵케이크에 꽂아둔 촛불이 의미심장하게 흔들렸다. 단 하나의 촛불일지라도 어두운 요한의 묵시록 안을 밝히는 힘은 컸다. 흔들리는 촛

불 아래 뭉개진 패거리들의 얼굴은 모두 닮아 있었다.

"지금은 하나지만 언젠가 천 개의 컵케이크가 빛나는 날까지."

베니가 건배를 하며 말했다. 나는 천 개의 컵케이크가 빛나는 날을 상상해보았다. 그날이 정말 올까. 우리에게 남은 시간은 5분뿐인데. 미국의 〈핵과학자회보(BAS)〉에 의하면 현재 지구의 시간은 11시 55분, 종말까지는 5분밖에 남지 않았다고 했다. 지금은 5분 전의 세계였다. 그러나 그런 말은 하지 않았다. 한 개의 불빛을 보고 천 개의 불빛을 상상할 수 있는 것이 인간의 어리석음일 테니까. 그리고 사랑스러움일 테니까.

"기념으로 사진이나 찍자." 베티가 제안했다.

하나. 둘. 셋. 촛불이 꺼지는 순간 카메라 플래시가 번쩍였다. 그것이 우리가 함께 찍은 처음이자 마지막 사진이 되었다.

5.

착한 사람들을 위한 컵케이크

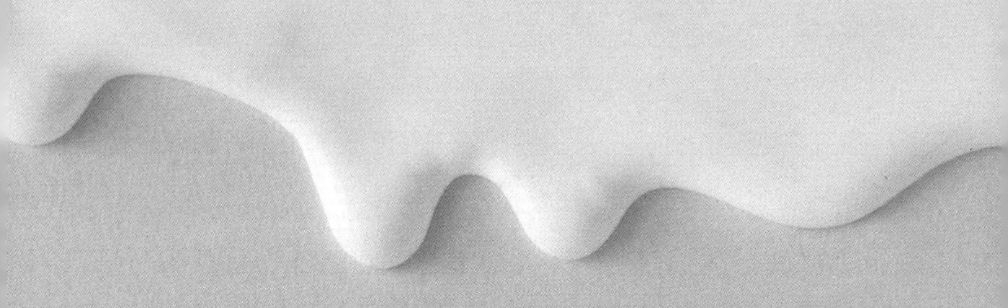

♖ 베니 굿맨의 컵케이크 하우스에 오신 것을 환영합니다

♖ 페어리케이크를 아시나요

컵케이크는 작은 요정들이 생일 파티에서 먹을 것처럼 작고 귀엽다는 의미에서 페어리케이크(fairy cake)라고도 부릅니다. 요정들을 위한 음식, 컵케이크는 단순한 디저트가 아닙니다. 아름다운 패션입니다. 오늘날 가장 아름답고 섹시한 라이프스타일인 윤리적이며 도덕적인 삶, 착한 나눔을 실천하는 삶에 어울리는 패션입니다.

컵케이크처럼 달콤한 선행을 이웃과 나누고자 하는 당신을 위한 한입의 달콤한 혁명, 베니 굿맨의 컵케이크와 함께라면 당신도 요정이 될 수 있습니다.

♕베니 굿맨의 컵케이크는 이렇게 만듭니다

베니 굿맨의 컵케이크는 유기농 재료를 사용하여 깨끗하고 건강하게 만듭니다. 국내산 유기농 밀가루, 공정무역 제품인 쿠바산 유기농 비정제 설탕, 무항생제 방사 유정란, 뉴질랜드 앵커 무염버터, 프랑스 발로나 카카오 초콜릿, 그리고 화학첨가물이나 인공색소를 넣지 않은 천연재료만 사용합니다.

어린이와 생산자가 착취당하지 않고 정당하게 만들어진 공정무역을 통해 생산된 재료만을 사용하며 환경을 생각하는 재생지를 이용한 포장 등을 통해 인간과 지구가 함께 건강하고 아름다운 미래를 맞이할 수 있도록 노력합니다.

착한 생산과 착한 유통과정을 거친 착한 재료만을 사용한 베니 굿맨의 컵케이크는 착한 사람들의, 착한 사람들에 의한, 착한 사람들을 위한 컵케이크입니다.

♕베니 굿맨의 컵케이크 메뉴

*착한 소년에게 상을 주세요-굿보이 바닐라컵케이크

착한 사람들만 드세요. 착하지 않은 분들이 드실 경우 배탈, 설사를 유발할 수 있습니다.

착한 소년들을 위한 선물용으로 적합합니다.

*당신의 뱃살을 나누어주세요 -베리베리 스트로베리 3단변신 컵케이크

3단 변신인데 왜 1단 컵케이크냐고 묻지 마세요. 착한 사람 눈에만

보이는 3단 컵케이크입니다. 가격에 포함된 보이지 않는 2단 컵케이크는 굶주린 아이들을 위해 기부됩니다.
당신의 컵케이크 하나가 한 명의 아이에게 한 달의 점심을 제공합니다.
*모든 생명은 소중하다-채식주의자를 위한 그린티컵케이크
인간과 동물이 함께 행복하게 사는 사회, 생명 존중의 가치를 실천하는 당신과 함께합니다.
*환경을 생각합니다 -지구의 생태계를 걱정하는 친환경 컵케이크 허니애플컵케이크
꿀벌이 사라지면 4년 후 지구가 멸망하리라는 아인슈타인의 경고를 기억하시나요. 생태계 먹이사슬의 근본이 흔들리면서 지구 생태계가 큰 타격을 입고 있습니다. 꿀벌 살리기 운동과 함께하는 달콤한 허니애플컵케이크.
*웃음을 전합니다-해피 스마일 스위트초콜릿컵케이크
웃음은 가장 쉽게 아름다움을 실천하는 방법입니다. 사람들에게 웃음을 전하세요. 한입 베어 무는 순간 입안에서 톡톡 터지는 웃음 폭탄이 들어 있는 진한 초콜릿컵케이크. 와사비, 청양고추, 오징어젓갈 등 미리 주문하시면 원하는 웃음 폭탄을 넣어 만들어드립니다.

♖오늘의 굿보이를 찾아주세요
베니 굿맨의 컵케이크는 굿보이 프로젝트를 진행합니다. 누구나 굿보이가 될 수 있습니다. 생활 속에서 아름다움을 실천하는 모습을 보셨

다면 지금 바로 사진이나 영상을 올려주세요. 오늘의 굿보이로 선정되신 사진 속의 주인공과 글을 올려주신 분 모두에게 굿보이 컵케이크와 굿보이 티셔츠를 선물해드립니다.
당신도 굿보이가 될 수 있습니다. 지금, 실천하세요.

♖굿보이 프로젝트 멤버를 소개합니다
베니, 준, 요한, 타라, 베티. 그리고 여러분과 함께합니다.
당신도 굿보이 프로젝트의 멤버가 될 수 있습니다.
함께하시고 싶은 분들은 연락주세요.
베니 굿맨의 컵케이크는 착한 당신들에게 언제나 열려 있습니다.

♖천 개의 컵케이크 축제
달콤한 천 개의 컵케이크가 모여 천 개의 불을 밝히는 날, 세상은 아름답게 빛나리니.
한 개의 컵케이크로 천 명이 나눠 먹을 수 있는 신비한 나눔의 축제, 천 개의 컵케이크 축제도 기획중입니다.
coming soon……

♕ 오늘의 굿보이

김민석 씨(27세, 용산구)

굿보이 프로젝트는 그를 첫번째 굿보이로 선정합니다.

카센터에서 일하는 김민석 씨는 퇴근 후에는 김밥천국을 하는 어머니의 가게 일을 돕는다. 가게가 문을 닫는 10시가 되면 그는 열 개의 김밥과 우유를 자전거에 싣고 동네 한 바퀴를 돈다. 그가 수상한 밤 산책을 하는 이유는 거리의 벤치에서 자는 노숙자들에게 김밥을 배달하기 위해서다.

그 장면을 우연히 목격한 것은 굿보이 프로젝트의 리더 베니다. 베니는 밤마다 러닝을 하는데(여기서 잠깐. 그렇다, 아름다움은 그냥 타고나는 것만이 아니다. 열심히 노력하고 가꾸어야 하는 것이다), 그러던 어느 날 공원의 벤치에서 잠든 노숙인에게 김밥을 주고 가는 김민석 씨를 보았다. 다음날, 같은 시간에 그 공원을 돌다가 베니는 또 그 장면을 목격했다. 베니는 그의 뒤를 쫓아가보았다. 그리고 그가 그 노숙인 한 명만이 아니라 그 주변에 상주하는 노숙인 여러 명에게 매일 김밥을 배달한다는 사실을 알았다.

3일째 되는 날, 우리는 카메라를 들고 그를 따라갔다. 그는 변함없이 아름다운 배달의 기수다운 모습을 보여주었다. 우리는 그를 오늘의 굿보이로 선정하기로 결정했다.

그는 어떻게 이 일을 시작하게 되었을까. 우리는 그의 사연을 들어보았다.

김민석 씨가 처음 그 일을 시작하게 된 것은 집을 나간 아버지 때문이었다. 그의 아버지는 몇 년 전 사업에 실패하고 집을 나간 후 소식이 끊겼다. 어느 날 일을 마치고 집에 돌아오는 길에, 집 근처에 주저앉아 있는 노숙인을 보았다. 혹시 아버지가 돌아오셨나 싶어 달려갔으나 그는 김민석 씨의 아버지가 아니었다. 아버지가 아니었지만 그냥 돌아설 수가 없어 편의점에서 도시락과 우유를 사다드렸다. 노숙인은 그에게 여러 번 고맙다고 인사를 했다. 아버지가 어디선가 노숙인이 되어 저렇게 길에서 잠을 자고 있을지도 모른다는 생각이 들었다. 김민석 씨는 자기가 그들을 위해 할 수 있는 일이 없을까 생각했다. 그리고 우선 집으로 가는 길에 마주치는 주변의 노숙인들에게라도 자신이 줄 수 있는 것을 지속적으로 제공하기로 결심했다. 그러면 자신의 아버지도 최소한, 어디선가 굶지 않고 지내실 수 있을 거라 믿었다.

그리하여 그 일을 시작한 지, 1년이 되었다.

그를 오늘의 굿보이로 선정할 수 있게 되어 영광이다.

♖오늘의 굿보이 컵케이크-바닐라검은콩컵케이크

오늘의 굿보이를 위한 컵케이크는 바닐라검은콩컵케이크입니다. 김민석 씨의 달콤함과 영양이 부족한 노숙자분들의 건강을 함께 생각한 컵케이크입니다. 오늘의 굿보이를 위한 컵케이크는 재료도 함께 나눕니다. 직접 만들어서 착한 사람들에게 선물해보세요.

*재료

국내산 유기농 밀가루 220g, 유기농 비정제 설탕 130g, 유정란 4개, 앵커 무염버터 200g, 국내산 검은콩 200g, 베이킹파우더 1작은술, 소금 1/2작은술, 절임용 설탕 4큰술

♕모두가 컵케이크를 좋아해

고양이물루

김민석 씨 너무 멋져요. 트위터에서 봤는데 여기서 이런 좋은 일을 한다고 해서 링크 타고 와봤습니다. 정말 멋져요! 착한 컵케이크 사업, 번창하시길 바랄게요.

노란잠수함

이 김밥천국 우리 동네에 있는 가게인데 이런 사연이 있는 줄 몰랐어요. 자주 가는 인터넷 카페에 올라온 사진 보고 어제 가게에도 가봤네요. 김민석 씨가 서빙을 해주기에 굿보이, 맞죠? 하고 물어보니까 수줍게 웃는데 얼굴도 잘생겼더라고요. 사이트에 들어와보니 취지도 좋고 컵케이크도 맛있어 보여서 저는 그린티컵케이크 주문했습니다. 요즘 채식에 관심이 많아서 채식주의자를 위한 디저트를 찾고 있었는데 잘 먹겠습니다.

이유없는반항

나쁜 사람을 위한 컵케이크는 없나요? 나쁜 사람을 위한 컵케이크도 만들어주세요.

복수는나의것

저를 괴롭히는 직장 상사에게 5번 해피 스마일 컵케이크를 선물로 보냈어요. 와사비를 잔뜩 넣어달라고 부탁했던 거, 기억하시죠? 모르는 여자한테 컵케이크를 선물받았다고 좋아라 하다가 한입 베어 물고 나서 꽁지에 불붙은 강아지마냥 팔팔 뛰는 꼴이라니. 정말 통쾌했어요. 화장실에 가서 아주 시원하게 웃었습니다. 친구들에게도 추천했습니다! 다음에도 또 복수할 일 있으면 구매할게요. 구매만족도 별 다섯 개 드립니다. 번창하세요.

줄줄이비엔나

그 소식 아시나요? SNS의 위력! 김민석 씨 이야기가 퍼지면서 김민석 씨 아버지를 찾아주자는 운동이 시작되었어요. 어쩌면 김민석 씨가 아버지를 찾을 수 있을지도 몰라요. 하나의 선행이 하나로 완결되고 그걸로 끝나는 게 아니라 줄줄이 이어지는 거, 그게 바로 선행의 핵심인 것 같아요. 굿보이 프로젝트 꼭 성공하세요!

6.

착한 사람들을 위한
컵케이크라는 포르노그래피

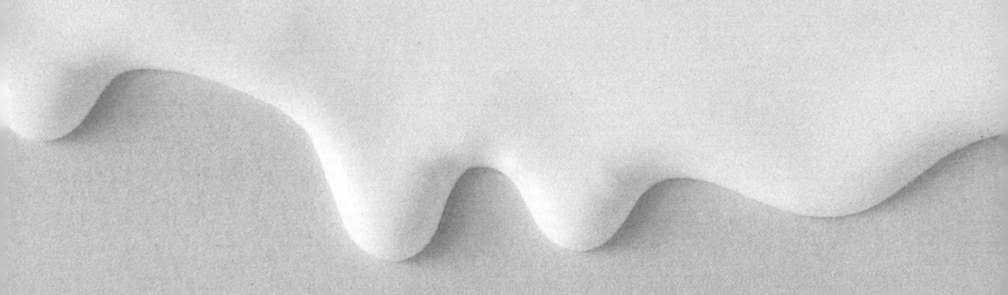

"오르가슴 컵케이크라구?"

새된 목소리로 반문한 건 베티였다. 새로운 메뉴를 추가하는 게 어떨까 고민하며 오가닉 컵케이크의 장단점에 대한 이야기를 나누고 있을 때였다. 타라가 못마땅한 듯 얼굴을 찌푸렸다.

"넌 나이도 어린 애가 어떻게 그런 쪽으로만 발달했니? 오르가슴 컵케이크가 말이 되니? 오가닉 말이야. 유기농 컵케이크!"

"오가닉이나 오르가슴이나."

타라의 타박에 머쓱해진 베티가 그것을 무마하려는 듯 퉁명스레 내뱉더니 이내 언성을 높였다.

"어차피 뭐 오가닉도 그걸 통해 만족을 느끼고 싶은 거잖아.

오르가슴이나 별반 다르지 않다고. 오르가슴 컵케이크가 뭐가 어때서? 오가닉이야 요즘 흔해 빠진 게 오가닉인데, 진짜 오르가슴 컵케이크를 만들어봐. 그게 훨씬 위트도 있고 잘 팔릴 거라고. 타라가 늙어서 감각이 없는 거야."

베티의 말을 듣고 보니 그럴 것 같기도 했다. 컵케이크 하나로 오르가슴을 느낄 수 있다면 그런 게 잘 팔리지 않을 리가 없었다. 문제는, 그렇게 되면 착한 사람들을 위한 컵케이크라는 슬로건 대신 변태들을 위한 컵케이크라는 캐치프레이즈를 새로 달아야 될지도 모르지만 말이다. 사실, 굳이 오르가슴 컵케이크를 만들지 않더라도 베니 굿맨의 컵케이크 하우스에서 판매하는 모든 컵케이크는 우리에겐 오르가슴 컵케이크나 마찬가지였다. 그만큼 우리는 우리들의 작은 성취에 성적인 흥분 이상으로 도취되어 있었다. 선한 일을 한다는 것만큼 섹시한 자극은 없다는 요한의 말은 틀리지 않았다.

베니 굿맨의 컵케이크는 오프라인 매장 없이 온라인만으로 운영되고 있었지만 컵케이크를 먹으면서 사치를 하거나 낭비를 한다는 죄의식 없이, 달콤함을 즐기면서 착한 일도 하고 싶어 하는 사람들에게 꽤 호응을 얻는 중이었다. 컵케이크는 기본적으로 미를 추구하며 새로운 트렌드에 민감한 여유로운 사람들을 위한 음식이었다. 트렌드세터들이 최근 지향하는 라이프스타일의 주요 키워드는, 두말할 나위 없이 '나눔'이었다. 시장의 급증하는 소비성향과 계층을 파악하고, 정확한 타깃을 선정해 그 욕구를 파악한 후, 그에 부합하는 적확한 아이템 선정이 빠른 성공의 비결이라고, 우리는 스스로 자부했다.

물론 사이트를 홍보하는 데 가장 큰 도움을 준 것은 오늘의 굿보이 영상이었다. 첫번째 굿보이로 선정한 김민석 씨의 사연이 SNS를 통해 널리 전파되면서 김민석 씨의 아버지를 찾는 운동이 전개되는 등 예상보다 큰 반향을 일으켰고, 이 사연이 사이트 방문자수를 높이는 데 결정적인 역할을 했던 것이다.

일이 이렇게 잘 풀려도 되나 싶게 기대 이상으로 굿보이 프로젝트는 순항중이었다. 그러나 우리가 흥분한 것은 단순히 컵케이크가 잘 팔려서만은 아니었다. 우리가 생각한 '착한' 사람들을 위한 '착한' 컵케이크라는 콘셉트가 사람들에게 제대로 먹혔다는 데 대한, 그리고 컵케이크처럼 작지만 예쁜 개인의 혁명이 꽤나 성공적이라는 데 대한 오르가슴이었다. 누군가 컵케이크는 단순한 요리가 아니라 포르노그래피라고 평했는데, 그 말은 지금 우리에게 컵케이크란 무엇인가를 설명할 때 가장 적당한 정의가 될 듯했다. '착한' 사람들을 위한 '착한' 컵케이크가 이룬 작은 성과는 우리에게 일종의 포르노그래피 같은 중독성과 흥분을 안겨주기에 충분했다.

굿보이 프로젝트의 좋은 출발에 대해서 제일 먼저 흥분해서 축배를 제안한 것은 요한이었고, 이 정도로는 만족할 수 없다는 듯이 아직 멀었어, 라고 덤덤히 중얼거린 건 베니였다. 당연했다. 그의 가치 기준은 언제나 더 높은 곳에 있었다. 베니는 이미 아름다움에 있어 다른 패거리들보다 한 단계, 아니, 서너 단계 위에 있었기 때문에 그가 추구하는 이상적인 아름다운 결과 또한 평범한 사람들이 생각하는 기준보다 더 위에 있을 수밖에 없었다. 그가 스스로에게 요구하는 높은 기준은 베니를 그만큼 더 이 일에 깊이 몰두하도록 만들었다. 그리고 베니는 순수한 사람들이 대개 그렇듯이 누구보다 빠르게, 누구보다 깊이 이 착한 컵케이크라는 포르노에 중독되어가고 있었다.

그의 높은 기준 때문에 가장 힘들어진 건 베티였다. 베티의 컵케이크는 여전히, 베니에 의해 자주 쓰레기통에 버려지곤 했다. 아름다워야 하는 것들이 충분히 아름답지 못한 건 죄악이야. 베니는 그렇게 말하며 베티의 컵케이크를 그대로 쓰레기통에 던져버렸다.

그런 베니가 나의 못남은 어떻게 견뎌내고 있는 걸까, 나는 가끔 궁금해지곤 했다. 겉으로는 친절한 미소를 짓고 있지만 아름답지 못한 건 모두 꺼졌으면 좋겠어, 라며 속으로는 나 역시 쓰레기통에 버려야 할 실패작이라고 생각하고 있는 건 아닐까.

가끔 베니가 그 서늘한 눈매로 패거리들을 지켜볼 때면 나는 그가 나뿐 아니라 모든 사람들을 안쓰러워한다는 느낌을 받곤 했다. 그러니까 그건, 세계가 5분 남았다는 걸 모르고 아등바등하는 사람들을 볼 때 내가 느끼는 연민, 나보다 못한 자들, 비밀을 알지 못하는 자들에 대해 비밀을 아는 자, 특권을 가진 자, 힘을 가진 자가 느끼는 오만한 동정심 같은 것이었다.

"준. 머리할 때 됐지? 나 머리하러 가는데 같이 가자."

"준. 이거 선물받은 티셔츠인데 너 입어. 지금 입고 있는 것보다 훨씬 보기 좋을 거야."

"준. 이 로션 발라봐. 피부 트러블을 가라앉히는 데 도움이 될 거야."

말하자면, 이런 식이었다. 그러니까 베니의 친절은 분명 선의에서 나온 행동들이긴 한데, 기본적으로는 있는 그대로의 나는 참으로 볼품없어서 도움의 손길이 필요하다는 전제가 깔려 있어 어떤 악의보다 사람을 비참하게 만들기도 했던 것이다.

처음에 베니가 다정한 눈빛으로 친절을 베풀 때면, 뭐야, 얘는 진짜 좋은 애네, 어색하면서도 기분이 좋아지기도 했다. 그러나 어느 순간 베니의 친절을 받고 있으면 나는 구제불능의 쓰레기라도 된 기분이었다. 그것은 베니에게 내가 단지 자선의 대상, 자신의 윤리적이고 도덕적인 아름다움을 빛내줄 또 다른 베품의 대상에 지나지 않는다는 것을 깨달았기 때문이었다. 그에게 나는 참으로 못나고 불쌍한 인간일 뿐이었다. 그리하여 머리 모양도 바꿔주고 옷도 선물하면서, 조금이라도 나은 모습이 될 수 있도록 친절하게 자선활동을 벌이는 것이었다. 노숙인들에게 밥을 떠먹여주고, 아프리카의 기아들을 위해 구호물자를 보내주듯이, 그는 내게 아름다움을 나눠주는 것이다.

베니에게 나쁜 의도가 있어서가 아니라는 것쯤은 나도 알고 있었다. 그는 내게 좋은 친구가 되기 위해 지나칠 정도로 애를 썼을 뿐이다. 자신만 혼자 아름다운 소년인 게 미안해서, 내가 조금이라도 자신의 미를 나눠가졌으면 해서, 원치 않는 친절까지 베풀었던 것이다. 그 선한 의도 때문에 더욱더 나는 베니에게 아니꼬움을 느꼈다. 나의 못남을 더욱 두드러지게 하는 그의 외적, 내적인 아름다움이 지긋지긋하게 짜증이 났다.

그러나 베니는 싫어하기엔 너무 좋은 소년이었고, 베니를 싫어해봐야 나쁜 놈이 되는 것은 나였다. 그 점이 싫으면서도 그 점 때문에 싫어할 수도 없는 베니에 대한 갈등 속에서, 나는 그가 실제보다 더 미워지기도 했고, 더 좋아지기도 했다. 동경과 질투는 언제나 한몸으로 붙어다녔다.

사실 베니 덕분에 나는 조금씩 그럴듯해지고 있었다. 남자도 확실히 가꾸기 나름인가보다. 자신의 몸과 마음을 모두 아름다움을 추구하는 데 바치겠노라는 듯이, 수행하는 스님이나 수도자처럼 탐식을 버리고 채식 위주의 소식을 고집하는 베니를 보면 그 앞에서 탐욕스럽게 먹고 있기도 민망했다. 그러다 보니 자연히 살도 빠지고 피부도 좋아졌다. 베니와 동등한 수준이 되려면 그야말로 허물을 벗고 변태라도 해야 할 판이니 그 정도까지 기대할 순 없었지만 최소한 베니와 같이 다니기에 부끄럽지 않은 외모는 갖추어갔다.

베니 정도 되면 더이상 아름다움에 집착하지 않아도 될 것 같은데 그것도 아니었다. 요즘 베니는 자신의 외적인 아름다움에 대해서도 보다 높은 기준을 요구하고 있었다. 뭐든지 어떤 완벽에 가까워질수록 스스로를 더 몰아세우는 법이었다. 생각해보면 착한 사람들을 위한 컵케이크라는 패거리들의 작은 사업 역시 베니가 아름다움을 정복하기 위해 벌인 전쟁이나 마찬가지였다. 그리고 전쟁에 참가한 전사들이 전쟁의 작은 승리에 도취하는 것은 당연했다. 대개의 혁명 전사가 그렇듯 우리들은 엑스터시라도 한 것처럼 흥분 상태로 굿보이 프로젝트를 진행해갔다. 선하고 아름다운 나눔을 우리만의 방식으로 실천한다는 것은 중독성 강한, 빠져나올 수 없는 포르노였다. 이 길의 끝에 무엇이 있는지도 알지 못한 채. 우리는 아름다움이 이끄는 대로 무작정 그것을 정복하고자 진군했다.

*

그때 나의 포르노그래피는 베니였다.

아름다움이 절대 선이라는 것을, 그것이 반론의 여지없는 진실이라는 것을, 나는 베니와 함께 시간을 보내며 깨달았다. 나는 베니의 아름다움의 비밀을 분석해보기 시작했다. 밤이면 컴퓨터 하드에 가득 저장된 베니의 사진을 모니터에 띄워놓고 베니의 스타일을 연구했다. 포토샵을 이용해서 나와 베니를 합성해보기도 했다. 베니와 같은 티셔츠를 입은 내 몸에 베니의 얼굴을 붙이니 진짜 베니 같았다. 베니의 사진을 모델 삼아 내 얼굴을 포토샵으로 수정해보기도 했다. 포토샵으로 조금만 조작하면 내 얼굴도 베니와 크게 다르지 않았다. 사실 키는 내가 2센티미터 정도 더 컸다. 그것이 내가 유일하게 베니보다 우월하다고 내세울 수 있는 점이었다. 나는 베니가 가질 수 없는, 베니가 추구하지 않는 근육들을 키우기 시작했다. 집에서 잠들기 전마다 윗몸일으키기와 팔굽혀펴기를 백 번씩 했다. 살이 빠지고 지방이 근육으로 바뀌면서 탄탄한 몸이 만들어지기 시작했다. 내 노력이 조금씩 성공을 거두고 있다는 것은 패거리들의 반응으로 곧 나타났다.

"베니."

누군가 베니라고 부르며 뒤에서 끌어안았다. 나는 깜짝 놀라 뒤를 돌아보았다.

"뭐야. 베니인 줄 알았잖아."

베티가 깜짝 놀라 손을 떼고는 샐쭉해서 뒤돌아섰다.

"왜 베니인 척하는 거야?"

"내가 언제?"

갑자기 안아서 당황한 건 난데 화를 내다니 어이가 없었다.

"완전 베니 같잖아. 그 티셔츠며 청바지까지. 그러고 보니 너 좀 멋있어졌다?"

베티가 나를 훑어보며 말했다. 내가 뭘, 이라고 부정했지만 베티의 그 시선이 묘하게 나를 흥분시켰다.

베니도 나의 변화를 눈치챘다.

"준. 오늘 보기 좋다. 머리 잘랐어?"

"어어."

베니의 질문에 나는 쑥스럽게 머리를 매만졌다. 실은 베니와 똑같은 스타일링을 하느라 아침 내내 헤어드라이기를 붙들고 씨름했던 터였다.

"나랑 오늘은 옷 스타일도 똑같네?"

베니가 덧붙였다.

"분명히 베니 따라 한 걸 거야. 따라쟁이."

베티가 못마땅한 듯 옆에서 깐족댔다.

"아니야." 나는 얼른 손을 저었지만 얼굴이 달아오르는 게 느껴졌다.

"따라 한 거면 어때. 나랑 쌍둥이 같아서 난 기분 좋은데."

베니가 다정하게 말했다. 정말일까. 나는 베니의 표정을 살폈다. 베니의 진심이 무엇인지 웃는 얼굴만 봐서는 알 수가 없었지만 어쨌거나 안심이 되었다.

생전 개인적인 연락이 없던 타라에게 놀러오라고 연락이 온 것도 그즈음이었다. 그날, 나는 처음으로 타라의 오피스텔에 갔다. 우리는 라면 두 개를 끓여 나누어 먹고 팝콘을 먹으며 케이블에서 방영하는 적당히 야한 영화를 함께 보았다.

"너, 쓸 만하구나."

타라가 내 어깨에 기댄 채 화장을 지우며 말했다.

"사실 베니랑 있으면 항상 긴장이 돼. 예쁜 모습만 보여야 되니까. 근데 너랑 있으니까 편하긴 하다."

베니보다 내가 나은 점도 있네. 나는 타라가 편하게 기댈 수 있도록 어깨에 힘을 주며 타라의 허리를 안았다. 사실 타라에게 이성적인 관심을 가진 적은 없지만 타라의 베니, 자리에 내가 들어갈 수도 있다고 생각하니, 베니의 의자가 내 의자가 될 수도 있다고 생각하니, 타라가 새삼스레 매력적으로 느껴졌다. 그후로 타라는 베니에게 전화, 문자, 카카오톡, 메일, 페이스북과 인스타그램과 트위터…… 수없이 연결되어 있는 소통의 도구들로 인해 한 번의 거절에도 수많은 거절의 상처를 입으며 연결되지 못한 외로움을 느낄 때면 내게 연락을 해오곤 했다.

나는 베니를 따라잡는 데 더욱 열중했다. 베니야말로 내게는 맛도 좋고 보기도 좋은 착한 컵케이크였다. 포르노에 중독되듯이 내가 베니에 중독되고 있다는 것을, 그것이 나를 피폐하게 만들고 있다는 것을 나는 몰랐다. 약간의 오르가슴을 경험하자 나는 더욱 베니를 따라잡는 데 몰두했다. 베니가 자신의 아름다움을 한계까지 끌어올리려고 노력하고 스스로를 채찍질하는 이유를 알 것 같았다. 베니와 요한의 말대로 아름다움이야말로 선하고 강한 것이었다. 내가 아름다움을 가꾸는 것은 세상을 위해서도 좋은 일을 하는 것이었다.

나는 지금 착한 사람들을 위한 컵케이크가 되는 중이다. 나는 스스로에게 말하며 아름다움만이 절대 선이라는 달콤함에 중독되어갔다.

*

한동안 잘 팔리던 컵케이크 판매가 정체되기 시작했다. 컵케이크의 완성도에는 문제가 없었다. 새롭게 패거리에 합류하게 된 민주는 본업이라는 그림보다 베이킹에 더 재능이 있었다. 그러나 그것으로는 부족했다. 처음의 좋은 반응은 지금 생각하면 매우 이례적인 것이었다. 의도가 좋다고는 해도 나눔이며 자선이며 친환경이며 뭐든지 넘쳐나는 시대였다. 새로운 아이템을 이용한 더 신선한 나눔의 방식이 다양하게 제시되고 있었다. 베니 굿맨의 컵케이크만 특별할 것도 없었다. 베니에 대한 관심도 이내 시들해졌다. 트위터 수가 만 명에 육박했을 때는 곧 만 명이 넘을 것 같았으나, 오히려 한두 명씩 팔로잉을 삭제하더니 계속 9천2백 명 정도 선에서 머물렀다. 팔로워 수에 연연하고 싶진 않지만 그것은 상징적인 의미이기도 했고 실질적인 경쟁력이기도 했다. 만 명을 앞두고 상승세가 멈추자 더욱 조바심이 났다. 처음 시작할 땐 컵케이크 천 개쯤은 단숨에 팔 수 있을 것 같았는데, 지금으로선 연말까지 천 개를 파는 것도 불가능한 꿈인 것 같았다. 아무래도 새로운 돌파구가 필요했다.

우리는 베니 굿맨의 컵케이크를 적극적으로 홍보하기로 했다. 가게 '요한의 묵시록' 앞에 작은 판매대를 놓고, 굶주린 아이들을 돕는 베니 굿맨의 3단 변신 컵케이크의 시식행사를 통해 지속적으로 나눔에 참여할 수 있도록 유도해보기로 했다.

"컵케이크 시식하고 가세요."

베니는 평소 같지 않게 무뚝뚝하게, 바닥만 쳐다보며 소리쳤다. 베니가 그날따라 컨디션이 좋지 않았던 것은 아침에 일어나서 발견한 작은 뾰루지 때문이었다.

아침에 베니는 마스크를 쓰고 왔다.

"뭐야 이 더위에. 감기 걸렸어?"

내가 묻자 베니는 고개를 저었다.

"이거 하려면 사람들한테 인사도 하고 해야 할 텐데, 마스크 쓰고서 어떻게 해. 벗어봐."

"안 돼."

"왜?"

"그냥 안 돼."

베니가 가라앉은 목소리로 말했다.

"도대체 왜 그러는데?"

내가 장난을 치며 억지로 마스크를 벗기려고 했다. 베니가 피하다가 할 수 없이 살짝 마스크를 한쪽만 열고 보여주었다.

"뭐야. 뾰루지 났네."

그것은 아주 작은 뾰루지였다. 코밑과 입술 사이, 인중 옆에 난 뾰루지였는데 워낙 깨끗한 피부의 베니였으니까 티가 나지 내 얼굴에 났다면 아무도 난 줄도 모르고 신경도 안 썼을, 좁쌀만한 뾰루지였다. 그래도 뾰루지라니. 베니에게도 피부 트러블이란 게 생길 수 있다는 걸 나는 처음 알았다. 베니도 처음 안 것 같았다.

"눈에 많이 띄지?"

"별로."

솔직히 너무 작아 실망스러울 정도였다.

"거짓말하지마. 차라리 솔직하게 말해줘. 추하지?"

"응. 그러고 보니까 완전 추하다."

나는 일부러 과장되게 말했다. 그깟 뾰루지 때문에 마스크를 쓰고 어쩔 줄 몰라 하는 베니가 웃기기도 하고, 베니한테도 피부 트러블이 난다는 사실을 알게 된 게 즐겁기도 해서 웃으면서 장난을 쳤던 것이다. 그러나 베니는 심각했다. 베니에게는 농담이 통하지 않았다.

"그럴 줄 알았어. 어떡하지."

베니는 진짜 곧 눈물이라도 쏟을 것 같았다. 그제야 베니의 심각성을 눈치채고 나는 베니를 달래기 시작했다.

"어떡하긴 뭘 어떡해. 난 맨날 그런 거 달고 사는데. 야, 그러다 울겠다. 괜찮아. 뭐 그까짓 것 가지고 그러냐."

그러나 베니에게는 그까짓 것이 아니었다. 뾰루지 하나가 베니에게 주는 영향은 생각보다 컸다.

판매대에서 홍보 역할을 맡은 것은 나와 베니였다. 그러나 홍보하는 내내 베니는 고개를 들지 못했다. 내가 억지로 마스크를 벗기자 고개를 숙인 채 바닥만 보며 "시식하고 가세요." 소심하게 중얼거리는 게 전부였다. 그날따라 다들 바쁘게 이동중이라 우리를 관심 있게 쳐다보는 사람들은 없었다.

"이런 적이 없었는데."

베니가 풀이 죽어 말했다.

"내가 아름답지 않아서야."

"그게 무슨 소리야."

사람들의 다정한 호의를 받지 못한 적이 처음인가. 나로서는 좀 어이없기도 하고 웃기지도 않은 반응이었다.

"다 바쁜가보지. 이런 때도 있고 저런 때도 있는 거지."

"아니야. 전에도 아프리카 기아 돕기 서명도 받고, 거리 봉사라면 많이 해봤지만, 한번도 이런 적이 없었어. 뾰루지 때문이야. 아름답지 않으면 안 돼."

베니는 진짜 그렇게 믿는 것 같았다. 그게 시작이었다. 베니는 작은 비누를 가시고 다니며 그때부터 틈만 나면 화장실에 가서 손과 얼굴을 씻고 왔다. "더러움을 참을 수가 없어." 베니는 말했다. 뾰루지가 사라진 후에도 그 버릇은 없어지지 않았다. 베니가 원래 깔끔하긴 했지만 깔끔함을 넘어서 일종의 강박 증세인 것 같았다. 그러나 베니는 멈추지 못했다.

"나 여기 뾰루지 난 것 같지 않아?"

베니는 자꾸 묻기 시작했다.

"아무것도 없는데."

뾰루지에 관해서는, 베니에게 농담을 해서는 안 된다는 걸 나도 그때쯤 파악하고 있었다. 나는 정색을 하고 말했다.

"깨끗해. 아무것도 안 났어."

"아니야. 이상해. 자꾸 뭐가 나려는 것 같아."

베니는 자꾸만 뾰루지가 났던 자리를 만졌고, 그리고 다시 또 세수를 하러 갔다. 뾰루지가 날까봐 걱정하며 그 흔적을 더 듬는 베니의 강박적인 행동은 오히려 뾰루지가 나기를 바라는 것 같기도 했다. 베니가 얼마나 자주 뾰루지에 대해 물었던지, 베니의 얼굴은 아무것도 나지 않고 깨끗한데도 나는 베니의 얼굴만 보면 없는 뾰루지가 거기 있는 것처럼 생각될 정도였다.

컵케이크 때문인지도 몰라. 음식물 때문인지도 모른다며 베니는 절식과 단식을 반복하며 저녁마다 10킬로씩 러닝을 했다. 베니와 함께 운동을 하는 동안 나는 살이 거의 다 빠져서 이제는 완전히 날렵한 소년의 모습을 되찾았다. 베니가 자꾸만 말라가는 통에 그냥 보기에는 내가 더 적당한 체중의 보기 좋은 소년의 모습을 하고 있다고 타라가 베니에게 다이어트 좀 그만하라고 말리기도 했다.

그리고 그날, 나는 베니의 그런 모습을 처음으로 보았다. 베니와 나는 '요한의 묵시록' 앞에 판매대를 놓고 컵케이크를 판매하고 있었다. 나는 메뉴 중 1, 2번 컵케이크를, 베니는 3, 4번 컵케이크를 판매하고 있었는데 내가 팔고 있던 컵케이크가 더 잘 팔려나갔다. 베니가 마스크를 쓴 채 침울하게 고개를 푹 숙이고만 있으니 그건 어쩌면 당연한 거였다. 사실 나로 말하면 이런 상황에 조금 신이 났다. 사람들이 베니보다 내게 더 호감과 친밀감을 표하는 경우는 처음이었던 것이다. "뾰루지 따윈 없어. 아무것도 나지 않았다고." 내가 아무리 그렇게 말해도 베니는 마스크를 벗지 않았다. 베니는 점점 더 위축되어갔다. 내가 팔던 컵케이크가 거의 다 팔려나갈 무렵에야, 베니는 겨우 용기를 내어 지나가는 여자에게 말을 걸었다.

"컵케이크 맛보고 가세요."

여자는 쓰윽, 무심한 눈길로 베니를 쳐다보고는 그냥 지나쳤다.

"맛보고 가시라고요."

베니가 소리쳤다. 그러나 여자는 가던 길을 계속 갈 뿐이었다.

"이봐요! 내 말 안 들려요?"

갑자기 베니가 고함을 쳤다. 나는 깜짝 놀라 베니를 쳐다보았다. 베니가 판매대에서 나가 여자를 쫓아가기 시작했다.

"이봐요. 내가 우스워요?"

베니가 여자를 가로막고 말했다.

"사람 말이 말 같지 않아요? 왜 사람이 말을 거는데 그냥 지나가요? 왜 사람을 그렇게 봐요? 내가 무슨 개예요?"

여자가 놀라 얼굴이 벌겋게 달아올랐다. 그러고는 정말 미친개라도 본 듯이 조심스레 도망치려 했다. 그러나 베니는 놔주지 않았다.

"이보세요. 지금 내가 나쁜 일 하겠다는 게 아니잖아요. 좋은 일 좀 해보겠다는 거잖아요. 좋은 일 하겠다는 데 돕지는 못할망정 왜 그렇게 나를 개만도 못한 인간처럼 쳐다보고 지랄인데! 그렇게 머리부터 발끝까지 치장하고서 혼자 잘 먹고 잘 살면 좋지? 응? 좋냐고. 나누며 사는 삶 같은 건 안중에도 없지? 착한 일 좀 하겠다는데, 씨발, 좆같네."

나는 생각지도 못한 광경에 어안이 벙벙해져서 말릴 생각도 하지 못하고 있었다. 지금 무슨 일이 생긴 거지? 저게 내가 알던 베니가 맞나? 지금 저기서 소리지르는 남자는 도대체 누군 거지? 그런 생각만이 내 머리를 강타하고 있었다. 여자가 같이 화내지 않고, 놀라서 도망가버리는 걸로 상황이 마무리된 게 그나마 다행이었다.

나는 자리로 돌아온 베니의 눈치를 보다가 가만히 말을 걸었다.

"베니. 괜찮니?"

베니가 가만히 나를 보더니 물었다.

"준. 너 파마했지?"

나는 고개를 끄덕였다. 며칠 전에 새로 한 머리였다. 전에는 남자가 무슨 파마야, 라고 생각했지만 베니처럼 자연스럽게 파마를 하니까 훨씬 얼굴이 돋보이는 것 같았다. 베티나 타라도 잘 어울린다고 했던 머리였다.

"너, 돈 많다."

베니가 갑자기 이죽거렸다. 왜 그런 소리를 하는 건지 이해되지 않았다. 베니가 발로 바닥을 툭툭 걷어차며 중얼거리기 시작했다.

"자선활동하겠다고 나와서는 머리는 아주 왁스로 떡칠을 하고. 누구는 파마할 돈은 고사하고 머리 자를 돈도 없는데. 자선하겠다는 인간이 그렇게, 그래 너 먹을 거 다 먹고 입을 거 다 입고 꾸밀 거 다 꾸미고 남는 돈, 남는 시간으로 남을 구하겠다는 거 아냐. 그게 말이 돼? 말이 되냐고? 넌 그냥 남을 돕는다는 도덕적인 오락을 위해서 지금 이 자리에 있는 거지? 너한테는 오락이지만 다른 사람한테는 생존이야. 너 그따위 마음가짐으로 이 일 할 거면 당장 그만둬, 당장 그만두라고."

뭐야. 누가 나한테 설명 좀 해줘, 싶었다. 변화라는 건 서서히 와야 되는 거 아닌가. 베니가 요새 민감하고 예민한 건 알고 있었지만 이런 폭발은 너무 갑작스러웠다. 이 새끼 웃긴 녀석이네. 그동안 착한 척하며 쌓이고 쌓인 스트레스가 이런 식으로 폭발하는 건가 싶었다. 그동안은 다 가식이었던 건가, 그런 생각도 들었다. 그러나 일단은 화를 자제하며 나는 차분하게 물었다.

"야. 너 무슨 일 있었어?"

"무슨 일은. 너, 그 티셔츠나 내놔."

베니가 내가 입고 있는 옷을 가리키며 말했다.

"이거, 네가 준 티셔츠 말이야?"

"지겨워."

"뭐라고?"

"지겹다고. 너는 네 스타일도 없니? 나 좀 그만 따라 해."

"내가 뭘?"

"네가 날 따라 한다고 내가 되는 건 아니야."

베니가 소리쳤다.

"따라 하지 마. 따라 하지 말라고. 따라 한다고 따라 할 수 있는 게 아니잖아. 하지 마. 너만 비참해 보여. 너만 불쌍해 보인다고. 그래봐야 조금도 아름답지 않아. 그럴수록 더 추하다고. 하지 마. 하지 마. 하지 말라고 좀! 뾰루지 같은 새끼. 너 같은 건 내 눈앞에서 꺼져버리라고!"

7.

호모에스테티쿠스

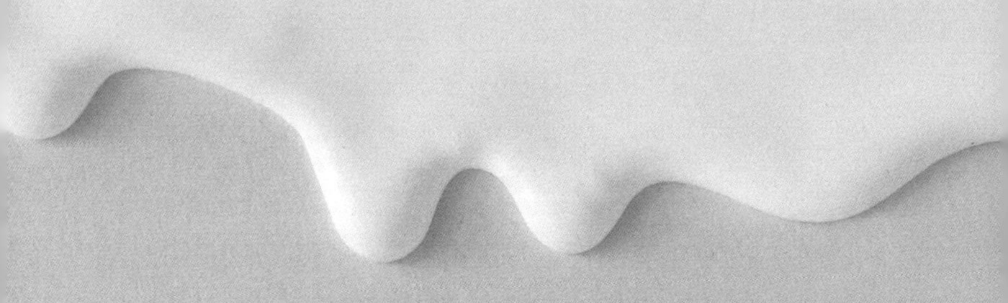

1주일째, 지하 벙커에 가지 않았다. 전화도 받지 않았다. 무슨 일이 일어난 건지, 무얼 어떻게 해야 할지 알 수 없었다. 할 수 있는 건 다만 베니의 말대로 꺼져 있는 것뿐이었다. 학원에 간다고 집에서 나왔지만 마땅히 갈 곳이 없었다. 대부분의 시간을 나는 전에 살던 아파트 단지의 놀이터 벤치에 앉아 탐미주의 같은 검색어로 찾아낸 책 『금각사』를 읽었다.

아름다움에 관한 책을 읽다보니 자꾸만 베니 생각이 났다. 나는 한 페이지를 읽고 고개를 들어 멍하니 저물어가는 풍경을 바라보았다. 그 풍경 속으로, 베니가 걸어들어온 것은 "국화는 그 형태에 의하여가 아니라, 우리들이 막연히 부르고 있는 '국화'라는 이름에 의하여, 구속에 의하여 아름다운 것에 지나지 않았다. 나는 벌이 아니었기에 국화에게 유혹당하지도 않았고, 나는 국화가 아니었기에 벌에게 사랑받지도 않았다"*란 문장을 막 읽고 난 직후였다.

내가 이곳에 있는 걸 어떻게 알았을까. 언젠가, 이 놀이터의 벤치에 대해 이야기했던 기억이 떠올랐다. 아직 엄마와 아빠가 함께 살 때, 내가 소년이었을 때 자주 뛰어놀았던 놀이터. 이 놀이터의 벤치에 앉아 예전에 살던 집의 베란다를 쳐다보고 있으면 그 안에는 그때의 행복한 소년이 여전히 살고 있을 것 같다고, 그래서 마음이 괴로울 때면 이 놀이터에 와서 행복한 소년을 기억에 새기고 돌아온다고 했던 이야기를 잊지 않고 있었던 모양이었다.

나무 뒤에서 베니가 슬금슬금 내 눈치를 살폈다. 나는 모른 척 다시 고개를 숙이고 책을 읽기 시작했다. 이미 책 속의 문장들은 바람에 흩어진 뒤였다. 그러나 모른 척하는 것 외에, 책을 읽는 것 외에, 어떤 반응을 보여야 할지 알 수 없었다. 베니를 용서해주고 싶은 마음은 들지 않았다. 아니, 용서라는 표현은 어울리지 않았다. 굳이 용서해야 한다면, 나는 베니를 따라잡고 싶었던 나의 질투와 허영심, 그리고 아름다움에 굴복한 나의 나약함과 비굴함을 용서해야 했다. 그러나 나는 나를 용서할 준비가 되어 있지 않았다.

베니의 아름다움은 진짜가 아니었다. 어쩌면 그는 나보다도

* 미시마 유키오, 『금각사』, 허호 옮김, 웅진지식하우스, 2002, 168쪽.

더 아름답지 못하기 때문에, 추한 내면을 가지고 있기 때문에 그렇게 강박적으로 아름다움에 집착하는 건지도 몰랐다. 그렇다면 베니를 닮고자 했던 나는, 더욱 추해지기 위해 그토록 아등바등했던 것일까. 그것은 내가 그토록 싫어하던 예술하게 생긴 얼굴, 내 아빠를 닮지 않았나. 나는 나를 용서할 수 없었다.

베니는 내 눈치를 살피며 바닥에 주저앉아 흙장난을 하기 시작했다. 나는 책을 보는 척 베니를 훔쳐보았다. 베니가 흙을 한 움큼 손에 쥐었다. 손가락 사이로 바삭바삭 마른 흙들이 스르르 빠져나갔다. 베니는 흙 속에 한 손을 묻고 흩어지는 흙을 모아 두꺼비집을 만들기 시작했다. 두껍아 두껍아 헌집 줄게 새집 다오. 물기 없는 마른 흙이 제대로 뭉쳐질 리 없었다. 베니가 손을 빼면 허술하게 지어진 두꺼비집은 이내 스르르 무너져내렸다. 베니의 두꺼비집을 만드는 솜씨는 형편없었다. 그러나 그는 포기하지 않고 또 손을 흙 속에 파묻고 두꺼비집을 만들기 시작했다. 그러나 이번에도 여지없이 금세 무너져 내렸다. 그 모습을 보니 마음이 이상하게 나긋나긋해졌다. 자꾸만 날이 서려는 마음이 모래로 쌓은 두꺼비집처럼 스르르 무너지기 시작했다.

나는 결국 책을 덮고 베니를 보았다. 그제야 베니가 나를 쳐다보며 아무 일도 없었다는 듯 해사하게 웃으며 물었다.

"뭘 읽고 있었니?"

"금각사."

"재미있니?"

"아름다워."

"아름답다고?"

"응."

책을 읽으면서 베니가 나의 금각사인지도 모른다고 생각했다는 말은 하지 않았다.

이상하게 그때 공원에서의 그 장면이 꽤 오랫동안 기억에 남았다. 막 해가 지기 시작할 무렵의 어딘가 달뜬 공기와 공원의 흙바닥에 웅크려 앉아 흙장난을 하는 베니의 둥근 등과 막 샤워하고 나온 듯 젖은 머리카락, 그 젖은 머리카락에서 떨어지던 물방울, 물방울에 젖어 달라붙어 있는 티셔츠 사이로 도드라진 날개뼈 같은 것들.

아마도, 그것은 사진으로 찍어 남겨두지 않았기 때문이었을 것이다. 그래서 그토록 선명하게 기억에 남아 있는 것이리라. 베니는 곧 사라질 것처럼 투명해 보였다. 나는 언젠가 요한이 그린 스케치 속의 베니의 모습을 떠올렸다. 요한의 데생 속에 연필로 그려진 몸의 선들. 요한이 그리고, 지우기를 반복하던 불완전한 선들, 그 지워진 선들처럼 베니가 옅어지고 있다고 생각했다. 종이 위에서 지워지던 모습처럼 이 세상 속에서도 쉽게 지워져버릴 것처럼 위태로워 보이기도 했다. 베니도 사라지면 어떻게 하지. 나는 갑자기 불안해졌다.

"베니."

내가 부르자 베니가 잘 다독여 완성한 두꺼비집에서 급히 손을 빼고 일어났다. 두꺼비집은 금세 허물어졌다.

*

"그날."

베니가 내 곁에 걸터앉으며 조심스레 말을 꺼냈다. 무슨 말을 하려는지 알 수 있을 것 같았다. 듣기 싫었지만, 들어야 했다.

"많이, 놀랬지?"

"좀."

나는 괜히 발끝만 내려다보았다. 베니도 발밑의 개미들을 가만히 쳐다보다가 말을 이었다.

"준. 나는 두려워."

"뭐가?"

"내 안에 괴물이 있으면 어쩌지?"

나는 베니를 돌아보았다. 베니는 초조한 듯 주머니에서 메스를 꺼내어 무의식적으로 손목을 긋고 있었다. 자기 안의 괴물에 상처를 내려는 것처럼, 혹은 자신의 몸에 생겨난 틈으로 그 괴물을 끌어내고 싶은 것처럼 그는 계속 손목을 메스로 그었다. 나는 얼른 베니의 손목을 낚아챘다. 손목에 그어진 금을 따라 검붉은 피가 배어나왔지만 다행히 깊은 상처는 아니었다. 나는 그의 손에서 메스를 빼앗아 바닥에 던졌다. 외과용 메스는 뾰루지가 생긴 후에 베니가 어디선가 구해온 것이었다. 다음에 또 뾰루지가 나면 메스로 아예 뿌리까지 도려내버리겠다더니 항상 몸에 지니고 다니기 시작한 모양이었다.

"진짜야. 내 안에 괴물이 살고 있는 것 같아."

베니가 가만히 자신의 손목에 그어진 선들을 바라보며 말했다.

"바보 같은 소리 하지 마. 누구나 마음속에 작은 괴물은 살고 있어."

"아니야. 그건 작지 않아. 아주 커."

아주아주 크다고. 팔을 최대한 넓게 벌리며 덧붙여 말하는 베니는 아주 슬퍼 보였다. 제기랄. 이렇게 나오면 당해낼 수가 없다. 내가 아무리 베니의 아름다움은 가식이었어, 그의 내면은 나보다 추할지 몰라, 라고 한들, 스스로 저렇게 슬픈 얼굴로 자신이 괴물이라고 말하는 베니를 보면, 실은 그의 추함 또한 완전한 아름다움을 위한 필요악에 불과한 거라고 생각할 수밖에 없는 것이었다.

나는 조금쯤, 그가 저런 식으로 누구나 가지고 있게 마련인 자신의 괴물성을 드러냄으로써 오히려 자신의 추함을 포장하는 것이 아닌가, 생각했다. 그렇다 해도 내가 할 수 있는 건 그저 너는 괴물이 아니라는 위로뿐이었다.

"바보같이. 그건 뾰루지 같은 거야. 누구나 가지고 있어. 네 것은 그렇게 크지 않아. 네 눈에만 크게 보이는 거야."

그러나 베니는 고개를 저었다.

"아니야. 어릴 때부터 나는 작은 괴물을 키우고 있었어. 지금은 분명히 더 커졌을 거야."

그리고 베니는 그 이야기를 해주었다.

어린 베니가 처음 자신이 괴물이라는 것을 알게 된 것은 초등학교 5학년 때였다. 그때에 베니는 좋아하던 여자아이가 집안 형편이 어렵다는 걸 알게 되었다. 베니는 여자아이를 위해 무언가 좋은 일을 해주고 싶었다. 여자아이의 생일이 얼마 남지 않았을 때, 베니는 작은 모금함을 만들었다. 그리고 일요일이 되자 모금함을 목에 걸고 지하철역으로 갔다. 불쌍한 제 친구를 도와주세요. 어린 소년이 조잡하게 만든 모금함을 목에 걸고 생일을 맞이하는 친구를 위해 모금하는 모습이 어른들의 이목을 끌었다. 천 원 지폐를 건네주는 사람도 드물게 있었지만 그보다는 앵벌이를 보듯 이상한 시선으로 쳐다보고 가는 사람들이 더 많았다. 친구를 위해서 이런 수모를 감당해낸다는 사실에 베니는 스스로 자랑스러워지기도 했다. 그러나 모금을 시작한 지 한 시간도 안 되어, 누군가 신고했는지 경찰이 찾아왔다. 왜 이런 일을 하는 거니. 누가 시킨 거니. 친구를 돕기 위해 혼자서 계획한 일이라고 하자 경찰은 어이없다는 듯 웃으며 마음은 착하지만 지하철에서 이런 모금을 하는 것은 불법이라고 알려주었다. 네. 베니는 착하게 고개를 끄덕였다. 그러나 경찰이 사라진 후, 다시 모금을 시작했다. 이번에는 30분도 지나지 않아 경찰이 다시 왔다. 좋은 말로 해서는 안 되겠구나. 결국 집과 담임선생에게까지 연락이 간 후에야 베니는 모금을 그만두었다.

월요일 날, 학교에 가니 지하철에서 경찰에게 붙잡혀 있는 베니를 본 몇몇 친구들에 의해 베니의 소문이 파다하게 퍼져 있었다. 경찰에게 잡혔다며? 베니가 대단한 모험이라도 겪은 것처럼 친구들은 호들갑스럽게 베니의 이야기를 듣고 싶어 했다. 그리하여 그것이 여자아이를 돕기 위한 모금이었다는 것을 모두가 알게 되었다.

그런 일이라면 우리가 돕자. 누군가 말했고, 아이들은 다음 날 형편이 어려운 친구를 돕는다며 엄마 아빠에게 타낸 돈을 들고 왔다. 돈을 모아 전달하는 일은 베니가 맡았다. 여자아이의 옷차림에 별로 신경쓰지 않던 아이들까지 여자아이가 입은 옷이나 낡은 신발, 가방 같은 것을 불쌍하게 쳐다보기 시작했다. 여자아이는 그때까지도 반에서 무슨 일이 벌어지고 있는지 알지 못했다. 이 돈을 받으면 얼마나 기뻐할까. 베니는 처음 만져보는 큰돈을 세어 봉투에 넣으며 여자아이가 기뻐할 생각에 마음이 들떴다.

그러나 베니가 여자아이에게 전달하기 전에, 이상하게 여긴

한 학부형이 담임에게 전화를 걸어 모금에 대해 물어봄으로써 일은 다시금 무효가 되었다. 아이들이 모은 돈을 돌려주며 담임은 말했다. 혼내야 할지 칭찬을 해야 할지 나도 판단이 서질 않는구나. 어이없다는 듯 웃으며 담임이 말했다. 너희가 좋은 마음으로 한 건 알겠지만, 너희 마음대로 이런 일을 해서는 안 된단다. 의도가 선하다고 해서 뭐든 해도 되는 것은 아니란다. 자영이를 아껴주는 친구들이 이렇게 많아서 자영이는 그것만으로도 충분히 행복할 거야. 베니는 여자아이의 얼굴을 보았다. 벌을 받는 것처럼 고개를 푹 숙이고 있던 여자아이의 얼굴이 벌겋게 달아오른 것을 베니는 보았다. 그후로 여자아이는 친구들 무리에 자연스럽게 끼지 못했다. 생일 파티에 초대하려다가도 생일 선물을 사와야 한다는 부담감을 느낄까봐 친구들은 망설였다. 그리고 너는 생일 선물을 사오지 않아도 된다고 배려했고, 그러자 여자아이는 생일 파티에 나타나지 않았다. 그런 식으로 여자아이는 다른 친구들과 점점 멀어졌고, 이전의 쾌활한 모습을 잃어갔다. 베니 역시 이전과 달리 친구들과 잘 어울리지도 않고 말이 없어지며 친구들의 배려에도 감사할 줄 모르고 이상한 자격지심을 드러내는 여자아이를 더이상 좋아하지 않게 되었다.

"잊고 있었는데, 너에게 소리치고 나서, 그 일이 생각났어."

베니가 울 것 같은 목소리로 말을 끝냈다.

괴물이라고 하면서 고작 이런 이야기라니. 이건 자신이 괴물이 아니라는 것을 교묘하게 드러내는 방식이 아닌가, 싶으면서도 베니가 진심으로 그 사건을 또렷한 죄의식을 가지고 기억한다는 것을 알 수 있었다.

"그래도 넌 나와 친구해줄 거지?"

베니는 누구에게나 좋은 사람이 되고 싶어 했다. 나는 새삼 베니가 타라에게는 좋은 연하의 남자친구가 되고, 요한에게는 좋은 멘티가 되어주고, 내게는 좋은 친구가 되려고 얼마나 안간힘을 쓰고 있는지를 느꼈다. 저렇게 간신히 모두에게 좋은 소년이고자 하는 베니가 안쓰럽기도 했다.

"그런 게 괴물이라면, 나 역시 괴물이야."

베니의 말을 듣고 나니 나 역시 숨겨놓았던 어린 시절의 기억이 떠올랐다.

"나는 말이야 실은 이런 적이 있어."

나도 처음으로 괴물이라고 느꼈던 순간을 고백해야 할 것만 같았다.

"학교에 엄마가 찾아왔는데. 우리 엄마는 너희 엄마처럼 예쁘지 않았거든. 그래서 아이들이 너네 엄마야? 라고 묻는데 아니라고, 아니라고, 그냥 우리집에서 일하는 아줌마라고, 우리 엄마는 저렇게 볼품없지 않다고."

그 말을 하며 나는 울컥 눈물이 날 것 같았다. 그러면서도 속으로 생각했다. 가증스러워라. 이미 하나의 에피소드로는 설명할 수 없는, 감당할 수 없을 정도로 커버린 내 안의 괴물을 숨기려고 작은 괴물의 이야기를 꺼내어 스스로 위로받으려 하다니. 슬퍼하는 나도 진짜였고 그런 슬픔을 계산된 고백으로 판단하는 이성적인 나 또한 진짜였다. 베니 역시 마찬가지일 터였다. 지금 커버린 내 안의 괴물의 이야기도 나중에 시간이 지나고 나면, 그때의 어린 괴물의 이야기라고 지금처럼 말하게 되겠지. 더 커버린 괴물을 숨기기 위한 방편으로. 뭐가 그리 슬픈지도 모르면서 나는 갑자기 서글퍼져서 눈물을 글썽이기 시작했다. 베니도 그런 나를 보며 같이 눈물을 흘렸다. 그러고 나니 우리는 마치 서로를 만지며 나쁜 장난이라도 한 소년들처럼 부끄러워졌다. 나는 도망치듯 베니를 뒤에 남겨두고 놀이터를 빠져나왔다. 그곳에 책을 두고 왔다는 건 집에 와서야 알게 되었다.

*

나는 다시 우리들의 지하 벙커에 출근하기 시작했다. 그리고 베니에게는 아름다움이 전부라는 것을 받아들이기로 했다. 보이는 것이 전부였다. 보이는 것보다 보이지 않는 것이 더 중요하다는 따위의 이야기는 볼품없는 자들이 자기 위안을 위해 만들어낸 헛소리에 불과했다. 결국 사람이란 보이는 대로가 전부였다. 보이지 않는 것들도 결국은 어떤 식으로건 보이기 마련이었다. 그러니까 베니는 보이는 그대로 아름다움으로 똘똘 뭉친 존재, 그 외에는 아무것도 아니었다. 아름다움 이외의 것들은 아름다움에 절대적으로 복속해야만 하는 부차적인 가치에 불과한 것이었다. 그렇게 생각하면 베니를 있는 그대로 받아들이기가 훨씬 수월했다.

따지고 보면 인간이란 요한의 말대로 모두 미학적 인간, 호모에스테티쿠스였다. 베니가 아름다움에 과하게 집착하는 면이 있기는 했지만 무언가에 대한 절대적이며 순수한 추구는 그 자체로 충분히 아름다운 것이기도 했다.

궁극적인 가치, 그것이 아름다움이건 쾌락이건 금욕이건, 절대의 가치를 추구하고 자기 안에서 그 최대치, 사람이 할 수 있는 최대치를 구현하려는 자는 평범한 인간에게는 그저 경외로울 뿐이어서 나는 그것이 결국 어디로 나아가는지와 무관하게 그 모습을 곁에서 지켜보는 것을 즐기기 시작했다.

베니가 아름답지 못한 타인의 행동에 대해 분노하는 모습은 이제 더이상 놀랍지도 않았다. 지하철을 타면 이어폰도 끼지 않고 볼륨을 키운 채 유튜브 화면을 들여다보는 남자와 시비가 붙었고, 도서관에 가면 하이힐을 신고 또각또각 소리를 내는 여학생에게 주의를 주다가 여학생을 울렸고, 버스에서는 자리를 양보했는데도 고맙다는 말을 할 줄 모르는 노인을 거침없이 훈계했다. 도대체가. 베니는 중얼거리곤 했다. 조금만 노력하면 되는데, 왜 다들 그렇게 아름답지 못한 거야. 아름답지 못한 인간들에겐 아름답지 못한 방식으로 깨우쳐주는 것, 그게 진짜 친절하고 배려심 넘치는 태도라는 것도 그들은 모르겠지. 진심으로, 베니는 그렇게 생각하는 것 같았다.

자신과 관련되어서라면, 베니의 아름다움에 대한 강박증은 더욱 심해졌다. 한번은 이런 일이 있었다. 함께 식사를 하러 간 식당에서, 베니가 갑자기 젓가락을 내려놓더니 구역질을 하기 시작했다. 구운 생선 토막의 모양새가 너무 아름답지 않다는 이유였다. 나는 처음에는 장난을 치는 줄 알았다. 그러나 베니는 진짜 화장실로 뛰어가 구토를 하고 나왔다. 그렇다고 보기 흉한 것들만 먹기를 거부하는 것도 아니었다. 어느 날인가는 타라와 함께 도미회를 먹으러 갔다가 이건 정말 근사해, 이건 너무 근사하다고, 중얼거리며 한 점도 입에 넣지 못하기도 했다. 결국 베니가 먹는 건 완벽하고 흠집 없는 유기농 과일 같은 것들뿐이었다.

베티는 베니의 그런 결벽증적인 태도가 고결하고 고상한 아름다움을 의미하는 거라며 근사하다고 중얼거렸다. 그러나 나는 알 수 있었다. 베니가 그토록 아름다움에 집착하는 이유는 다른 데 있었다.

나는 괴물이다. 베니의 그 말을 나는 기억했다. 베니는 자신이 아름다운 외모와는 달리 추한 내면을 가지고 있다고 생각하는 것이다. 뾰루지 하나만 올라와도 견디지 못하는 것은 그것이 자신의 아름답지 못한 내면에서 생성된 것이라 생각하기 때문이었다. 그래서 단식과 절식을 반복해서 몸안의 기름기를 남김없이 빼내기 위해 노력하며 하루에도 수십 번씩 손을 씻고, 피부가 건조해져 하얗게 일어나도록 샤워를 하는 것이다. 자신의 외모, 남들이 보는 아름다움과 자신의 내면의 간극 사이에서 베니는 갈등하고 괴로워했다. 그러한 갈등 또한 오만일 뿐이라는 말을, 나는 하지 않았다.

한번 돋았던 뾰루지가 흔적도 없이 사라지고 나자 베니는 겉으로 보기엔 안정을 찾은 것 같았다. 그러나 베니는 집착에서 결코 벗어나지 못했다. 다만 감추는 방법이 조금 더 능숙해졌을 뿐이었다.

어느 날, 베니가 턱 주변에 작은 반창고를 붙이고 왔다.

"뭐야, 또 뾰루지야?"

"아니. 이제 뾰루지는 사라졌어."

내 질문에 베니는 즐거운 듯 대답했다.

"그럼 반창고는 왜 붙인 건데?"

"뾰루지를 도려낸 자국이야."

베니가 반창고를 떼며 말했다. 보이지 않던 뾰루지 대신, 그곳에는 메스로 살을 살짝 도려낸 자국이 남아 있었다.

"예쁜 얼굴에 이게 뭐니!"

타라가 깜짝 놀라 소리쳤다.

"뾰루지를 없애려면 이 방법밖에 없었어."

베니는 자신을 괴롭히던 악의 근원을 뿌리째 뽑은 것처럼 개운한 표정이었다.

"무슨 뾰루지가 있었다고 그래. 보이지도 않는 뾰루지 때문에 멀쩡한 얼굴에 칼을 대다니. 예쁜 얼굴에 이게 뭐니. 흉터가 남을 텐데. 아까워 죽겠네."

타라가 베니의 얼굴을 살펴보며 속상한 듯 혀를 찼다.

"병이다 병이야."

요한도 중얼거리며 '아름다움으로 흥한 자 아름다움으로 망하리라' 따위의 진부한 경구를 덧붙였다. 이 상황에 적합한 그럴듯한 명언을 아직 찾지 못한 모양이었다.

"다들 몰라서 그래."

베니가 풀죽은 목소리로 말했다.

"분명히 뾰루지가 있었다고. 내가 없애고 나니까 기억을 못하는 것뿐이야. 분명히 아주 흉한 뾰루지가 있었어. 그렇지 준?"

베니는 나약한 표정으로 내게 동의를 구했다. 나는 베니의 턱에 분명하게 난 메스로 그은 자국을 들여다보았다. 그리고 크게 고개를 끄덕이며 대답했다.

"응. 내가 봤어."

베니의 얼굴이 환하게 밝아졌다.

"그렇지 준? 넌 봤지?"

"응. 카메라에도 찍혔을 거야."

나는 든든한 증인인 카메라를 내세웠다.

"그렇다니까. 분명히 뾰루지가 있었어."

베니는 그제야 안심한 것 같았다.

나는 봤어. 그렇게 말하고 나니 정말 그것을 봤던 것 같았다. 나는 집에 돌아와 베니를 찍은 사진들을 확대해 보았다. 뾰루지는 보이지 않았다. 나는 포토샵으로 직접 뾰루지를 그려 넣었다. 크게 더 크게. 많이 더 많이. 베니의 얼굴은 수많은 뾰루지와 반점으로 이내 추하게 뒤덮였다. 아무도 보지 못하는 베니의 뾰루지, 베니의 몸에서 밖으로 기어나오려는 작은 괴물, 악의 싹을 나는 볼 수 있었다. 나는 그중에 베니가 만족할 만큼 적당히 눈에 띄면서 사실적으로 뾰루지가 그려진 사진 한 장을 뽑아 베니에게 보여주었다.

"그렇다니까. 이렇게 분명히 눈에 띄는걸." 베니가 사진 속에 선명히 보이는 뾰루지를 타라에게 보여주며 의기양양하게 말했다. "정말이네. 몰랐는데." 타라가 갸웃하며 베니의 뾰루지의 존재를 인정했다.

나에게는 카메라가 있었다. 카메라는 아름다움을 증거할 수도 있었지만, 또한 아름다움을 부정하기에도 효과적인 도구였다. 베니에게는 아름다움이 있었지만 내게는 카메라가 있었다. 카메라가 없이는 베니의 아름다움도 세력을 떨칠 수 없었을 것이다. 더 강한 것은, 진짜 아름다운 것은 카메라인지도 모른다.

나는 봤어. 그 말이 베니와 나를 더욱 단단히 결속시켰다.

나는 베니의 추함을 증거하는 유일한 자였다.

아름다움을 위해서라면, 베니는 못할 일이 없는 것 같았다. 그것이 자기 자신을 상처 입히는 것이라 해도 말이다. 누군가는 베니를 멈추게 해야 한다는 것을 알고 있었다. 그러나 나는 궁금하기도 했다. 베니는 어디까지 갈 것인가. 아름다움을 주제로 한 수많은 이야기 속의 주인공들처럼 베니도 결국 아름다움의 제물이 될 것인가. 파멸에 이르고 말 것인가. 그렇다면 그는 어떤 식으로, 이전에 아름다움을 자신의 것으로 소유하고자 했던 오만한 인간들과 어떻게 다른, 자신만의 파멸의 역사를 기록해나갈 것인가.

예상한 대로 베니가 집착할수록 아름다움은 베니를 배신하기 시작했다. 인간은 아름다움을 욕망하지만 아름다움은 인간의 욕망을 제물 삼아 더 높이, 더 멀리 달아나버리는 것이다. 어리석은 인간들은 배신의 속성을 지닌 것들만 욕망하고, 잡을 수 없는 것들에서만 지독한 아름다움을 느끼고 그것을 언젠가 잡을 수 있다고 믿는다. 그 끝이 파멸이라 해도 어차피 자신이 자초한 일이었다. 내가 할 수 있는 건 다만 베니의 모습을 사진으로 기록하는 것뿐이었다.

어느 날의 영상에서, 베니는 카메라를 보며 이런 이야기를 했다.

"재미있는 건 말이야, 뾰루지를 감추기 위해 마스크를 쓰고 다니는 동안, 나는 일종의 자유로움을 느꼈어. 더이상 내 아름다움에 어울리는 행동을 하지 않아도 되는 거였어. 아름답지 못한 것이 이렇게 사람을 자유롭게 하다니. 나는 정말 몰랐어. 준 너는 알고 있었지? 왜 이야기해주지 않았어. 추한 게 이렇게 편하다는 걸. 아름다움에 구속되지 않으면 이토록 자유롭다는 걸. 너에게 날 따라 한다고 비난해서 미안해. 하지만 너는 나를 부러워하지 않아도 돼. 너에겐 아름다움으로부터 자유로울 수 있는 권리가 있잖아. 그건 내가 가질 수 없는 너만의 장점이니까. 오히려 나는 네가 부러워. 나는 너를 닮아가고 있어. 그러나 그게 싫지 않아. 나는 이제야 너의 진짜 좋은 친구가 될 수 있을 것 같아."

*

> 오, 아름다움! 무시무시하고도 어수룩한 엄청난 괴물아!
> 네 눈이, 네 미소가, 네 발이 나에게
> 내가 좋아하나 본 적은 없는 무한의 문만 열어준다면,
> 네가 하늘에서 오건 지옥에서 오건, 무슨 상관?*

요한의 새 티셔츠에는 보들레르의 시 「아름다움의 찬가」 중 한 연이 프린트되어 있었다. 내가 제안한 문구였는데, 베니는

* 샤를 피에르 보들레르, 「아름다움의 찬가」, 『보들레르 시전집』, 박은수 옮김, 민음사, 1995, 58쪽.

그 티셔츠를 꽤 마음에 들어 했다. 오늘의 굿보이를 찾기 위해 카메라를 들고 거리를 헤매는 3일 내내 그 티셔츠만 입고 다닐 정도였다.

사람들의 관심을 모아 긍정적인 파급효과를 불러일으키고 컵케이크 매상도 올려줄 만한 오늘의 굿보이를 찾는 일은 생각보다 쉽지 않았다. 하루종일 거리를 헤매고 다녀도 단 하나의 아름다운 장면도 목격하지 못하고 돌아오는 날들이 이어졌다. 일상 속에서 착한 일을 하는 사람을 찾기가 원래 이토록 힘든 일인 건지, 아니면 착한 인간들이 우리의 레이더망만 피해 다니는 건지 알 수 없었다.

우리가 선을 보는 눈을 잃어버린 건 아닐까. 거리에 앉아 고민하며 요한이 말했다. 적당한 굿보이를 찾기가 이리도 힘들 줄이야. 베티도 실망한 듯 덧붙였다. 그동안에도 인터넷에는 매일매일 자, 다 같이 욕해주세요, 라는 식의 영상들, 누가 누군가를 욕하고 누가 누군가를 폭행하고 누가 어디서 매너 없는 행동을 하고…… 버러지 같은 인간들의 고발성 영상들이 지속적으로 올라왔고, 열띤 관심과 파장을 일으켰다.

지하철 폭행남, 버스 비매너녀, 따위의 제목으로 익명의 시민을 공공의 적으로 바꾸어놓는 영상은 지금도 너무 많았다. 그래서 우리들은 인간의 나쁜 면을 부각하는 자극적인 영상 대신 아름다운 영상을 올려 긍정적이고 아름다운 사회 분위기를 형성해나가는 데 일조하고자 했던 것인데, 어렵게 찾아낸 착한 영상들은 사람들의 이목을 끌기에는 너무, 착했다. 이놈의 덜떨어진 인간들은, 좋은 물결로 세상을 좋은 흐름으로 바꾸어가는 데 꽤나 인색한 모양이다. 요한이 말했다. 도약이 필요한 시점이었다. 결정적인, 화제가 될 만한 굿보이를 찾아야 했다. 더이상 베니의 영상으로 카드 돌려막기 하듯 돌려 막을 순 없는 노릇이었다. 얼마 전에도, 껌 떼는 소년 베니의 영상을 올렸던 것이다.

그날도 오늘의 굿보이를 찾지 못한 채 소득 없이 지하 벙커로 돌아가는 길이었다. 씨발. 베니가 나지막이 욕설을 내뱉었다. 왜 갑자기 욕설인가 싶었는데 씨발. 다시 한번 중얼거리며 베니가 신발의 밑창을 살폈다. 신발에 껌이 붙어 있었다. 씨발 씨발 씨발놈의 새끼들. 베니는 길가 화단에 걸터앉아 항상 주머니에 넣고 다니던 메스로 그것을 떼어내며 돌림노래라도 부르듯 씨발 씨발 욕설을 반복해서 내뱉었다.

신발에 붙은 껌은 떼어내었지만 그것으로 끝난 것이 아니었다. 베니는 걸음을 옮기며 길바닥에 떨어진 껌이 더 있는지 살피기 시작했다. 껌이 보이면 주저 없이 주저앉아 메스로 껌을 떼었다. 그러곤 수시로 물티슈를 꺼내어 손을 닦았다. 나는 그 모습을 카메라에 담았다. 적당한 굿보이 영상을 끝내 찾지 못하면 이 모습이라도 올려야겠다는 생각에서였다. 베니도 그런 의도로 시작한 행동인 줄만 알았다. 그러나 사진과 영상을 충분히 찍고 나서도 그는 껌을 떼어내고 기껏 몸을 일으켰다가 한걸음도 못 가서 다시 주저앉아 껌을 떼기 시작했다. 껌을 다 떼기 전까지는 자리를 뜰 수 없었다. 지하철역까지 십 분도 안 걸리는 거리를 한 시간이 넘도록 도착하지 못하고 있었다. 한 시간이 넘게 오리걸음을 걷듯 이동하며 쭈그려앉아 바닥의 껌을 떼자니 다리도 아플 텐데 베니는 멈추지 못했다. 이 정도면 광기였다. 하나의 더러움에 꽂히면 베니는 그 더러움을 완전히 제거할 때까지 다른 일은 아무것도 못했다. 어떤 식으로건, 그것이 순전히 베니의 기준에만 부합하더라도 아름답게 마무리를 지어야 했다. 껌을 다 떼기 전에는 자리를 뜨지 않으리라는 생각이 들자 차라리 마음이 편해졌다. 나는 길가 화단에 앉아 베니의 모습을 관찰하기 시작했다.

사람들은 베니의 모습에 그다지 주목하지 않았다. 이즈음 베니는 더이상 아름다움으로 자체 발광하는 생물체가 아니었다. 지나치게 잦은 샤워로 인한 피부건조증과 반복되는 절식과 금식으로 인해 보기 좋은 정도를 넘어선 극도로 마른 몸, 그리고 마스크로 얼굴의 반을 가린 모습은 누구의 이목을 끌기에도 역부족이었다. 타라와도 만나지 않기 시작한 지 꽤 되었다. 베니가 변해가고 있다는 걸 모두 느끼고 있었지만, 누구도 나서서 베니를 말리지 못했다.

저러다가 사람들에게 부딪혀 넘어지지나 않을까 싶었는데, 마침 지하철에서 쏟아져나온 사람들의 무리를 미처 피하지 못한 베니가 껌을 떼다가 그대로 뒤로 밀리며 엉덩방아를 찧었다. 괜찮니, 내가 다가가며 베니를 일으키자 베니는 손을 뿌리치며 벌떡 일어나 소리쳤다.

"썅. 더러워서 못해먹겠네. 진짜 더러워. 인간들이 왜 다 이 모양인거야."

베니는 길바닥의 껌을 떼는 일을 포기했다. 그리고 굿보이를 만나면 전달하려고 들고 다니던 컵케이크 하나를 길에 집어던졌다.

"길에 껌 따위를 뱉고 다니는 더러운 인간들의 도로에 컵케이크 하나쯤 투척한다고 해서 더 더러워질 것도 없어." 베니는 중얼거렸다. 그러고는 내 시선을 느꼈는지 나를 보며 사납게 물었다.

"왜, 내가 미친 거 같니? 내가 괴물 같아?"

나는 대답 대신 카메라를 들고 바닥에 떨어진 컵케이크를 찍었다.

그날의 고백 이후, 그는 내가 보고 있음에도 개의치 않고 자기 안의 괴물이라고 부르는 내면의 추한 모습을 여과 없이 보이곤 했다. 그러나 내게는 그것 역시 위악을 빙자한 일종의 위선으로 보였다. 자신의 아름다움에 대한 기준이 그만큼 높다는 것을, 자신은 보통의 인간과 다른 고귀한 이상을 추구한다는 것을, 범접할 수 없는 고결함을 지니고 있다는 것을 내세우기 위한, 위선의 쇼인 것이다. 자신의 괴물성을 강조함으로서 본질적으로 내면에 충만한 선을 반어적으로 드러내고 아름다움에 대한 높은 이상을 선언하고 있는 베니. 가끔 나는 그런 베니가 가증스러웠다. 그러나 내가 그렇게 생각하거나 말거나 베니의 거침없는 행동은 그 이후에도 계속 이어졌다.

한번은 길에서 담배를 피우며 지나쳐가는 베니의 얼굴에 계속 연기를 내뿜던 남자를 쫓아가 그의 얼굴에 컵케이크를 던지고 도망치기도 했다. 나는 그 장면을 카메라에 담았는데, 찍은 사진을 확인해보니 꽤 재미있는 그림이었다. 그리하여 연속촬영된 사진을 굿보이 사이트와 연계된 SNS에 올렸다.

얼마나 아름답습니까.

길에서 비싼 담배 연기를 무료로 나눠주는 분들.

나눔을 실천하는 그분들에게 달콤한 컵케이크를 선물합니다.

함께 나누는 사회, 우리가 만들어갑니다.

트위터에 올린 짧은 그 영상은 의외로 인기를 끌어서 여기저기 리트윗되었다. '진짜 굿보이네요' '이거야 말로 아름다운 나눔의 현장이군요' 식의 조롱 섞인 반응들도 이어졌다.

선행보다는 악행을 담은 동영상이 더 반응이 좋은 것에 대해서 베니는 심각하게 고민하기 시작했다. 베니는 아름다움이란 선한 것이며 선한 것이 아름답다는 것을 믿었다. 그러나 선함이란 더 큰 선을 이루기 위해 때로 악을 필요로 한다는 것도 알고 있었다.

"악을 통해서만 더 효과적으로 구현되는 선도 있긴 하지."

고민하는 베니에게 요한도 말했다.

"자극적이고 악한 것일수록 관심을 기울이는 사람들, 우연히 잡힌 타인의 악행을 욕하면서 자신보다 추악한 인간이 있다는 데, 자신이 영상의 주인공이 됐을지도 모르는 위험을 아슬아슬하게 비켜갔다는 점에 안심하면서 잠들기를 좋아하는 사람들에게는, 결국 그들의 수준에 맞는 영상을 떠안겨주어야 할지도 몰라."

마침내 우리들은 컵케이크 혁명의 방향성에 대해 진지하게 회의를 하기 시작했다. 굿보이 프로젝트에 대대적인 변화가 필요한 시기가 된 건지도 몰랐다.

"착한 동영상의 파급력은 너무 미비해. 확실히 경각심을 불러일으키는 게 필요한지도 몰라. 강한 자극을 줘서 깨어나게 할 수 있다면 그게 더 착한 일일 거야. 그렇지, 베니?"

베티의 말에 타라도 동의했다.

"진짜 아름다운 세상을 만들려면 더러운 걸 먼저 없애야 하는 거잖아. 더럽고 썩은 환부를 도려낼 수 있도록 나쁜 짓 하는 걸 찾아서 올리는 거, 그게 진짜 굿보이 영상의 새로운 의미가 될 수도 있어. 확실히 변화가 필요해."

"사람의 추악한 본성을, 인간이 얼마나 기만적이고 저급한지를 보여줌으로써 타산지석으로 삼도록 스스로를 내던지는 그 살신성인의 정신, 바로 이런 인간들이 우리의 세상을 아름답게 바꾸어줄 또다른 의미의 굿보이가 아니겠어. 그러니까 그런 인간들을 주목한다고 해서 굿보이 프로젝트가 추구하는 이상이 달라지는 건 없어."

민주도 덧붙였다. 패거리들의 의견을 모두 들은 후 베니가 마지막으로 말했다.

"아름다움의 가치를 세상에 널리 알리기 위해서는 아름답지 못한 것, 추한 것을 드러내야 해. 세상의 아름다움을 되찾기 위해서는 바로 이런 추악한 인간들을 카메라로 찍어 공개재판하고, 단두대에 올리는 길이 결국은 가장 빠른 길이야."

우리는 착한 사람들을 위한 컵케이크의 단맛에 중독되어 있었다. 포르노에 한번 중독되면 계속 더 강렬한 자극을 원하듯, 우리도 역시 더 강한 것을 원했다. 그것이 아름다움이 원하는 것, 윤리적이고 도덕적인 아름다움이 가야 하는 길인지도 몰랐다.

"그것이 하늘에서 오건 지옥에서 오건."

나는 베니가 입은 티셔츠의 문구를 나직이 따라 읽었다.

컵케이크 혁명의 제2막이 막 태동을 시작하려는 순간이었다.

8.

컵케이크 자경단

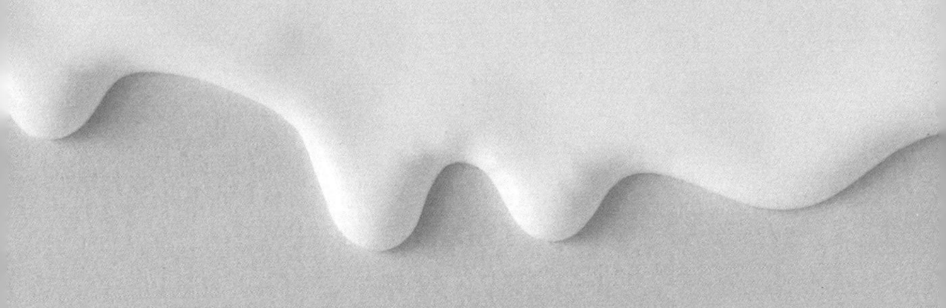

모든 혁명의 시발점은 사소한 것에서부터 시작된다고 요한은 말했다. 혁명에 관해 전문가처럼 말해도 사실 요한이 혁명에 대해 아는 것은 나와 별반 다르지 않을 터였다. 또 어디선가 주워들었을 게 분명한 혁명에 관한 문구들을 주섬주섬 떠벌리는 요한을 보니 얼마나 시시한 인간인가, 하는 감탄이 절로 나왔다. 그것이 시시함이라 해도, 어떤 한 분야에서 최고의 경지에 이른 자는, 더구나 자신이 그 분야의 전문가인 줄도 모르면서 일정 수준 이상의 전문성을 확보한 인간은 실로 감탄을 자아내기 마련이었다.

그리고 진실로, 나는 요한의 시시함이 좋았다. 내가 요한의 말을 경청하는 척하다가 진짜로 그의 말들에 귀를 기울이게 된 것은 그가 전형적인, 시시하지만 시시하게 보이고 싶지 않아 하는 진짜 시시한 인간이기 때문이었다. 어설프게 잘난 인간들로 가득한 세상에서 진짜 시시한 인간을 만나기란 그리 쉬운 일이 아니다.

요한은 모를 것이다. 내가 요한을 잘난 인간이라고 생각했다면 결코 그를 가까이하거나 그를 형으로 존경하지 않았으리란 걸. 그가 지식이나 경험이나 사고에 있어 나보다 나을 것이 없기 때문에 그를 좋아한다는 걸. 요한의 나이, 아무리 젊은 척해도 더이상 젊지 않다는 걸 속일 수 없는 나이가 되도록 단순히 시시한 인간으로 남는 어른들은 거의 없었다. 쓸모 있어지거나 영 쓸모없어지거나, 어느 쪽이건 더이상 시시하다고만은 볼 수 없는 인간의 형태로 굳어지기 때문에 더이상 이런 일에 순수하게 나설 수 없게 되는 것이다. 굿보이 프로젝트, 착한 사람들을 위한 컵케이크 혁명처럼 시시한 일에 순수하게 나설 수 있는 인간이란 일단 시시함을 덕목으로 갖추어야 하는 법이었다.

그래. 나는 알고 있었다. 컵케이크 혁명이라니. 수많은 혁명의 역사를 통틀어 이보다 더 시시한 것도 없을 터였다. 하지만 시시하기 때문에, 나는 이 혁명에 기꺼이 동참할 수 있었다. 내 카메라는 시시한 것들만을 쫒았다. 5분 전의 세계에서, 진짜 아름다운 것은 시시껄렁한 것들뿐이었다. 시시해서 아름다운 것들만이 아름다운 전쟁의 기록으로 남을 수 있었다. 때문에 나는 이 시시함이 오래도록 유지되기를 바랐다. 그러나 시시함은 시시하기 때문에 무엇보다 쉽게 위험하게 불타오를 수 있다는 것을 나는 몰랐다.

그것은 금요일 밤, 베티가 지하 벙커로 황급히 뛰어들어오면서 시작되었다. 베티는 얼굴이 빨갛게 달아오른 채 몸을 떨고 있었다. 무슨 일이야? 베니가 깜짝 놀라 베티에게 다가가며 물었다. 뛰어오느라 그런지 놀라서 그런지 베티는 헐떡이기만 할 뿐 쉽게 말을 꺼내지 못했다. 베니가 다정하게 안으며 다독여주자 베티는 잠시 망설이더니 과장되게 흐느끼기 시작했다. 그러고는 지하 벙커 앞 골목길에서 추행을 당했다는 이야기를 털어놓기 시작했다. 베티의 말이 끝나자마자 요한과 베니가 달려나갔지만, 베티의 추행범이 그곳에서 얌전히 기다리고 있을 리가 없었다. 베니가 밖으로 나가자, 언제 울었냐는 듯이 금세 울음을 그쳤던 베티는 그가 돌아오자 다시 울먹이며 베니에게 안겼다. 추행을 당해 충격을 받은 건 사실이겠지만 걱정해주는 베니에게 안겨 있는 게 좋아서 더 감정을 과장하는 것 같았다.

베티의 말에 의하면 추행한 남자는 전에 아르바이트했던 아이스크림 가게의 사장이라고 했다. 길에서 우연히 만나 인사를 했는데, 술이 좀 취한 상태에서 반갑다며 끌어안고 인사를 하더니, 못 본 사이에 많이 컸다며 가슴을 더듬고 키스를 하려 했다는 것이다. 물론 베티도 깜짝 놀라 손을 피하며 뭐 하는

짓이냐고 소리쳤다고 한다. 그러나 남자는 오히려 적반하장, 자신이 딸 같은 애한테 몹쓸 짓을 하기라도 했냐며, 술김에 몸을 가누지 못하고 어둠 속이라 우연히 손이 잘못 스친 걸 가지고 유난을 떤다고 뭐라 하더라는 것이었다. 베티가 이건 엄연한 성추행이라며 아내에게 이야기하겠다고 하자 증거도 없이 날라리 같은(이 대목에서 베티는 특히 분노했다), 평소에도 반쯤 벗고 다니며 꼬리 치는 여자애의 말을 믿어주기나 할 것 같으냐며 비웃고 가버렸다는 것이다.

"그런 놈은 인터넷에 올려서 신상을 공개하고 얼굴을 들고 다니지 못하게 해야 돼."

베티의 말이 끝나자 타라가 흥분하며 말했다.

"맞아. 그런 장면을 사이트에 올려서 다시는 그런 짓 못 하게 공개 망신을 시켜야 하는데." 요한이 아쉬움에 입맛을 쩝쩝 다셨다.

"현장을 잡으면 되지." 베니가 말했다.

"어떻게?"

"어떻게든."

무슨 생각을 하는지 베니는 그렇게 말했다. 그리하여 패거리들은 첫번째 컵케이크 무장 혁명을 위한 계획을 짜기 시작했다.

*

쥐새끼를 잡기 위해선 덫을 놔야 한다. 베니의 계획은 그 사장 녀석 앞에 유혹적인 미끼를 던져놓고 물기를 기다리자는 것이었다. 여기서 미끼는, 당연히 아름다운 여자여야 했다. 베티가 자신이 해도 괜찮다고 했지만 베티에게 그런 수모를 또 당하게 할 수는 없다며 베니가 만류했다.

"그럼 누가 해?"

베티의 물음에 베니가 말했다.

"내가 하면 돼. 이건 내가 계획한 거야. 내가 처리할 거야."

의지는 알겠지만 베니가 아무리 아름다운 소년이라 한들 그는 분명 남자였다.

"네가 아무리 예쁘다 해도, 그 인간이 남자를 건드리진 않을 텐데."

타라 역시 이해가 안 되는지 베니에게 말했다. 필요하면 자신이 미끼가 되겠다고도 했다. 하지만 내가 보기엔 타라도 적합한 미끼는 아니었다. 그 사장 녀석이 주로 나이 어린 아르바이트생들에게 찝쩍거렸다는 베티의 증언을 보면 타라는 일단 너무 늙었다. 그러고 보니 미끼를 할 사람이 마땅히 없었다. 베티도 안 되고 타라도 안 되고, 민주는 팔에 깁스까지 한 상태였다. 민주는 보기와는 달리 엄벙덤벙한 성격인지 자주 다치곤 했다. 멀쩡하다가도 다음날이 되면 팔을 다쳤다거나 다리를 삐었다거나 하며 한 군데씩 부상을 당해서 왔다. 어쩌다가 다친 거야? 물어봐도 그냥, 어쩌다가, 라는 식으로 얼버무리고 말 뿐이었다. 따지고 보면 팔 부상이 아니라도 민주는 유혹적인 미끼용으로는 절대 어울리지 않는 사람이었다. 그러느니 정말로 베니가 나을 수도 있었다. 베니도 그걸 알기에 자신이 하겠다고 나선 걸 터였다. 하지만 어떻게 미끼가 되겠다는 건지 알 수 없었다.

"무슨 방법이라도 있는 거냐?"

요한이 묻자 베니가 아무렇지 않게 대답했다.

"여자가 되면 돼."

그리고 베니는 가방에서 준비해온 의상과 가발, 메이크업 도구 세트 등을 꺼내더니 화장실로 들어갔다. 잠시 후 화장실에서 나온 사람은, 베니가 아니라 로테였다. 걸그룹 오로라의 멤버이자 내 환상 속의 연인이었던 로테.

어두운 밤거리에 로테가 서 있다. 나는 가슴과 엉덩이에 패드를 넣고, 긴 가발을 쓰고 화장을 한, 타라나 베티보다 더 여성스럽고 아름다운 베니의 모습을 카메라 렌즈로 지켜보았다. 그는 베니가 아니라 로테였다. 나는 적당히 거리를 둔 채 어둠 속에 숨어 술 취한 놈들이 힐끗거리며 지나치는 아름다운 로테, 아니 베니를 관찰했다. 이렇게 보니 변태를 잡을 미끼로 베니보다 더 적합한 사람도 없어 보였다.

조금 전 요한이 확인한 바에 따르면 그 사장이란 놈은 길 건너 돼지갈빗집에서 가게 아르바이트생들과 회식을 하며 술을 거나하게 마셨고, 그곳에서도 여자애들에게 괜히 지분거렸으며 집으로 돌아가기 위해 아마도 이 길을 지나치리라는 것이었다. 그 예상은 적중했다. 남자가 골목길로 걸어오기 시작했다. 대기하며 주변에서 서성이던 베니가 남자의 맞은편에서 걸어가다가 알은체를 했다. 기대와 달리 남자가 그냥 지나치려 하자, 베니가 황급히 남자를 붙들고 적극적으로 유혹하기 시작했다. 남자는 쉽게 꼬임에 넘어갔다. 베니는 사진에 잘 찍히도록 가로등 쪽으로 유인하는 것도 잊지 않았다. 남자가 미니스커트를 입은 베니의 엉덩이를 만지는 순간을 나는 놓치지 않고 카메라에 담았다. 몸을 밀착시킨 채 엉덩이를 더듬던 남자는 베니가 남자라는 걸 눈치챈 것 같았다.

"뭐야 이거 변태 아냐!"

남자가 화들짝 놀라 몸을 떼며 소리쳤다.

"누가 누구보고 변태라는 거야. 길에서 남의 엉덩이나 더듬는 주제에."

베니가 비웃으며 남자의 얼굴에 초콜릿컵케이크를 짓뭉갰다. 남자가 얼굴에 범벅된 컵케이크 때문에 눈을 못 뜨는 동안 베니는 남은 컵케이크를 남자에게 마구 던졌다. 남자의 얼굴과 가슴팍은 형형색색의 컵케이크 크림으로 아름답게 얼룩졌다. 컵케이크를 뒤집어쓴 채 펄펄 뛰는 남자를 두고 우리는 혁명에 성공한 시민군처럼 가벼운 발걸음으로 재빨리 도망치기 시작했다.

지하 벙커에 돌아와 확인해보니 카메라에는 성추행을 하는 남자와 컵케이크를 뒤집어쓴 남자의 모습이 제대로 찍혀 있었다. 우리는 즉시 남자의 사진과 사연을 오늘의 굿보이로 채택해 사이트에 올렸다.

♕오늘의 굿보이를 소개합니다
길 가는 여자의 엉덩이가 추울까봐 손으로 감싸주는
따뜻한 남자 Q 씨.
세상 모든 여자를 안아줄 수 있는 넓은 가슴의 소유자,
여자의 No는 Yes라고 생각하는 한없이 긍정적이고 밝은 남자,
상대방의 의사는 묻지도 않고 무조건 베풀기만 하는 당신.
모르는 여자와도 스킨십을 나눌 줄 아는 당신은 이 시대의 진정한 나눔의 아이콘입니다.
당신에게 굿보이 컵케이크를 나누어드립니다.

이태원 아이스크림 가게 주인 임성현(43세).

사람들이 사진 속 굿보이의 신원을 밝히는 데는 채 하루도 걸리지 않았다. 굳이 우리가 정보를 흘릴 필요도 없었다. "역시. 우리나라 네티즌의 수사력은 세계 최강이야." 요한이 뿌듯하다는 듯 중얼거렸다. SNS를 통해 널리 전파된 사진과 영상

속 익명의 사람에 대한 정보를 밝혀내는 것은 이토록 쉬운 일이었다.

진짜 착한 사람들의 사진과 사연을 소개했던 굿보이 영상보다, 이렇게 한번 비틀어서 올린 나쁜 굿보이 영상의 반응이 훨씬 좋았다. 사람들은 컵케이크로 응징하는 것이 재미있다고 생각했고, 더불어 컵케이크를 주문하는 수요도 늘어났다. 아예 투척용 컵케이크를 판매하는 건 어떠냐고 제안하는 사람도 있었다.

패거리들은 사람들의 요구를 신속히 반영했다. 나쁜 놈들을 골탕 먹이기 위한 복불복용 컵케이크와 돌처럼 단단한 투척용 컵케이크, 두 가지 메뉴를 새롭게 추가했다. 또한 굿보이 프로젝트의 2막이 열린 것을 기념하며 그에 어울리는 새로운 컵케이크 레시피도 개발했다. 개같은 인간을 위해서는 개 사료를 넣은 바둑판 모양의 '바둑이컵케이크'를, 쓰레기 같은 인간을 위해서는 매운 캡사이신을 잔뜩 넣어 인생의 매운맛을 제대로 보여주며 저도 모르게 신을 찾게 되는 '오마이갓컵케이크'를, 못된 인간을 위해서는 미운 놈 떡 하나 더 준다는 의미로 눈물이 쏙 빠지는 겨자떡으로 만든 '겨자씨컵케이크'를 만들어 판매하기 시작했다.

우리를 가리켜 컵케이크 자경단이라고 부르는 사람도 생겼다. 우리는 그 명칭에 힘을 얻었고, 소박하게 시작한 컵케이크 혁명이 진짜 무언가를 이룰 수 있을지도 모른다는 사실에 흥분했다. '왼손엔 컵케이크, 오른손엔 카메라.' 그것을 캐치프레이즈로 삼아 컵케이크 자경단 활동을 계속하자고 의견이 모아졌다. 요한은 그 문구를 티셔츠에 박아 유니폼이라며 나누어주었다. 우리는 그 티셔츠를 나누어 입고 착한 사람들을 위한 컵케이크라는 중독에 점점 더 깊이 빠져들어갔다.

"우리의 혁명은 결코 변질된 게 아니야. 악한 인간들을 먼저 골라내 세상으로부터 격리시키고 공개 처형하는 것, 이게 바로 진짜 착한 사람들을 위한 컵케이크 정신이야."

베니가 말했다.

*

"몽정을 해."

로테의 얼굴을 한 베니가 중얼거렸다. 로테의 분장을 하고 노란 가로등 밑에 서 있는 베니는 누가 봐도 아름다운 여자애였다. 여자애의 얼굴을 하고서 그따위 소리는 하지 마, 라고 뱉어주고 싶었지만 나는 차마 말하지 못했다.

"컵케이크 자경단 활동을 하는 금요일 아침이면, 꼭 몽정을 하게 되더라. 이상하지."

미끼를 물 만한 잠재적 추행범을 기다리며 베니가 덧붙였다. 사실 조금도 이상하지 않았다. 나는 베니가 무슨 말을 하는지 알 것 같았다. 정의로운 일, 무언가를 우리가 변화시킬 수 있다는 그 흥분감이 성적인 쾌감 중추를 자극하는 것이다. 그것이 어떤 기분인지, 사실 나는 너무나 잘 알고 있었다.

본격적으로 컵케이크 자경단 활동을 시작하면서 우리는 금요일 밤이 되면, 투척용 컵케이크를 들고 술 취한 사람들이 많은 밤거리를 헤매 다녔다. 술 취해서 길에서 행패를 부리거나 노상방뇨를 하거나 싸우거나 드러누워 자는 따위의 추한 광경들을 목격하고 사진으로 담기도 했다. 그러나 그런 사람들에게 컵케이크를 던지기에는 무리가 있었다. 시시한 나쁜 놈들에게 경고의 메시지를 보내는 것이 컵케이크 자경단의 활동이라고 해도 지나치게 시시해서는 곤란했다. 추함에도 레벨이 있었다. 오늘의 굿보이에 선정되기 위해서는 어느 수준 이상의 추함을 확보해야 했다.

사람들은 점점 더 자극적인 영상을 원했고, 우리 역시 더 재미있는 굿보이 영상을 제공해야 한다는 책임감을 느꼈다. 그러나 컵케이크 자경단이 등장해야 할 만큼 추악한 장면을 목격하는 것은 의외로 쉽지 않았다. 착한 사람들을 찾아다닐 때는 선행을 베푸는 모습이 쉽게 눈에 띄지 않아 사람들은 생각보다 일상 속에서 선행을 많이 베풀지 않고 사는 걸까, 회의감이 들었는데 지금은 반대였다. 뉴스나 화제가 된 이야기들을 보면 세상엔 이해할 수 없는 이유로 이해할 수 없는 행동을 하는 이상하고 나쁜 인간들이 많기도 하다 싶었는데 그것도 역시 일부에 불과했던 것이다. 그건 분명히 기뻐해야 할 만한 깨달음이었다. 세상엔 눈에 띄게 착한 행동을 하는 사람도 찾기 힘들지만, 주목할 만한 나쁜 행동을 하는 인간 역시 극히 드물었다. 그렇기 때문에 세상은 균형을 유지하며 더 나아지리란 희망을 잃지 않고 나아갈 수 있는 거였다. 그러나 마냥 안심하고 좋아할 수만은 없었다. 컵케이크 자경단이라는 이름까지 붙여놓았는데, 그럴 듯한 활동을 이어나가지 못한다는 사실에 베니는 특히 초조해했다.

그래서였을 것이다. 베니가 다시 한번 로테의 모습을 하고 나타난 것은. 베니의 계획은 로테가 술 취한 사람들에게 접근해서 추행을 유도하면 그 모습을 찍고 컵케이크를 던지라는 것이었다. 말하자면 덫을 놓는 것이다.

"이건 나쁜 행동을 하도록 조장하는 거잖아."

나는 베니의 계획이 마음에 들지 않았다. 베티를 추행한 남자를 잡기 위해 했던 일의 반복이었지만 그때는 그럴 만한 선행 범죄가 있었으니 정당성을 획득할 수 있었으나 지금은 달랐다.

"조작까지 하면서 이 일을 하는 건 아닌 거 같아. 우리가 찍는 건 영화가 아니잖아."

내가 반대하자 베니는 기분이 상한 것 같았다.

"영화면 어때. 우리가 원하는 건 좋은 반향을 불러일으키는 거야. 좋은 의도를 위해 약간의 연출을 넣는 것뿐이라고. 말하자면 선의의 거짓말 같은 거지. 너도 선의의 거짓말을 좋아하잖아. 전에 보니까. 나와 닮았다고 베티가 말하니까 신나서 나를 따라 하던데. 아니야?"

로테의 얼굴로 그런 말을 내뱉으니, 베니에게 들을 때보다 더 모욕적이었다. 내 얼굴이 수치심으로 굳은 것을 보고 베니가 목소리를 낮추며 차분히 말했다.

"어차피, 덫이 있다고 해서 걸리는 건 쥐새끼들일 뿐이야. 애초에 쥐새끼가 아니었다면 덫을 놓았다고 해도 걸리지 않겠지. 내가 지금 유혹하지 않더라도, 언젠가는 이런 짓을 충분히 저지를 수 있는 잠재적인 범죄 성향을 가진 추잡한 인간들이란 말이야. 아니면 우리 눈에 띄지 않는 곳에서, 사무실이나 술자리에서, 이미 남의 귀한 딸들을 그런 식으로 괴롭혀본 인간들이겠지. 손버릇 나쁜 인간들은 어디서나 티가 나게 마련이야. 그러니까, 이건 조작이 아니야. 그 인간에게 피해를 입었던, 혹은 앞으로 피해를 입을 많은 여자들을 위해 내가 미리 작은 엄포를 놓는 것뿐이라고."

틀린 말 같지도 않았다. 나는 더이상 베니를 말릴 수 없었다. 그리하여 오늘 다시 한번 로테와 거리로 나서게 된 것이었다.

마침내 베니가 술 취한 남자 한 명을 낚아 카메라에 잘 찍히도록 가로등 밑으로 데려왔다. 술에 취한 남자는 비틀거리며 베니를 쫓아와 끌어안았다. 엉덩이를 주무르는 확실한 증거 사진을 찍은 후에, 나는 컵케이크를 던졌다. 컵케이크는 남자의 얼굴에 맞았다. 남자가 당황한 사이에 베니가 남자의 품에서 빠져나왔다. 나는 두번째 컵케이크를 던졌다. 두번째 컵케이크는 빗나갔다. 베니의 가슴에 맞고 만 것이었다. 베니의 가슴팍에서 핏물처럼 딸기잼을 넣은 컵케이크가 흘러내렸다. 나는 내 쪽으로 도망치는 베니를 보며 세번째 컵케이크를 던졌다. 세번째는 남자의 얼굴에 제대로 명중했다.

"너희들 누구야! 씨팔 누가 이런 장난을 치는 거야!"

남자의 고함소리를 뒤로 하고 우리는 도망치기 시작했다. 베니는 자신의 가슴에 흘러내리는 컵케이크를 보며 물었다.

"두번째 컵케이크, 나한테 맞힌 거 말이야, 실수한 거 아니지?"

나는 대답하지 않았다.

베니는 이제 베니로 있을 때보다 로테로 있을 때가 더 많았다. 로테가 되었을 때, 베니는 훨씬 더 자신이 아름답게 느껴진다고 했다. 남자로서 할 수 없는 과감한 화장과 몸매의 선을 강조한 의상들을 입은 베니는 남자일 때보다 확실히 더 화려하게 돋보였다. 가슴과 엉덩이 라인을 둥글게 완성시켜주는 패드의 도움만 있으면 여성보다 더 여성적인 아름다운 몸매가 완성되었다. 더 아름다워진 만큼, 베니는 더욱 대담해졌다. 자신의 본모습을 감추었을 때 사람은 더 대담해지기 마련이었다. 밤거리를 서성이는 로테는 착한 소녀가 아니었다. 나쁜 소녀였다. 사람들을 유혹하고, 마음껏 유린하는 나쁜 소녀. 좋은 소년 베니와는 정반대의 인격.

로테가 된 베니는 대담하게 남자들을 유혹하며 그들을 나쁜 길로 인도했다. 거리의 변태들을 소탕하는 것을 우리 컵케이크 무장 혁명의 첫번째 목표로 삼고, 우리는 우리가 발굴해낸 추행범에게 컵케이크를 던지는 영상을 연속해서 올렸다. 우리를 흉내내어 주변의 맘에 안 드는 사람들에게 컵케이크를 투척하고, 그것을 인터넷에 올리는 사람들도 생겨났다. 그에 따른 부작용도 조금씩 있었지만 어떤 일이건 좋은 면이 있으면 나쁜 면도 따르기 마련이었다.

컵케이크를 주문하면서 투척 서비스까지 부탁하는 경우도 있었다. 컵케이크를 주문한 여자는 작은 무역회사에 다니는데 머리가 벗겨진 직장 상사의 말버릇은 못생긴 게, 였다. 꾸중을 할 땐 못생긴 게 일도 똑바로 못하느냐, 라고 했고 칭찬을 할 때도 못생긴 게 하긴, 부지런하기라도 해야지, 라는 식이었다. 어떤 날은 못생긴 게 커피라도 잘 타야지, 해놓고는 기껏 커피를 타주면 커피도 예쁜 사람이 탄 커피가 맛있지 못생긴 사람이 타주니까 맛이 없다, 라며 낄낄댔다. 이런 인간에게 적당한 컵케이크를 배달, 투척까지 해주실 수 있나요. 여자는 부탁했다.

"자기는 얼마나 잘나서 못생겼다고 지랄이래?"

"이런 인간은 가만두면 안 돼."

주문서를 보고 타라와 민주가 분노하며 소리쳤다. 우리는 흔쾌히 그 청을 수락하기로 했다.

남자의 생일날, 이벤트 회사에서 나온 것처럼 우리는 컵케이크를 들고 사무실을 찾아갔다. 남자는 주제도 모르고 누가 자기한테 깜짝 파티라도 해주는 줄 알고 얼굴이 벌개져서는 좋아했다. 책상 앞에 컵케이크를 쌓아놓고 초를 꽂자 직원들도 함께 축하하기 위해 모였다. 우리는 왜 태어났니, 왜 태어났니, 생일 축하 노래를 불렀고, 머저리 같은 남자는 그 개사된 가사에 진심이 담겨 있다는 걸 알지 못하고 웃고만 있었다. 그리고 남자가 컵케이크의 촛불을 끄기 위해 고개를 숙였을 때, 베니가 컵케이크에 그의 얼굴을 처박았다. 특별 제작한 매운 캡사이신이 잔뜩 든 컵케이크에 얼굴을 박은 남자는 고개를 든 후에도 화상을 입은 것처럼 뜨겁고 매운 얼굴 때문에 어쩔 줄 몰라 했다. 직원들이 그 모습을 보고 웃음을 참고 있는 게 보였다. 저 직원들 중에 우리의 의뢰인도 있을 터였다. 자, 그럼 이번엔 생일빵! 남자가 정신을 차리기 전에 요한은 그에게 라드로 만든 기름덩어리 컵케이크를 마구 던진 후 달아났다. 돼지 같은 인간에게는 돼지기름으로 만든 컵케이크가 어울렸다. 야! 쟤들 뭐야! 쟤들 잡아! 따위의 소리가 뒤에서 들려왔지만 우리가 건물을 빠져나올 때까지 우리 뒤를 끈질기게 쫓아오는 사람은 아무도 없었다. 다음날, 의뢰인으로부터 감사 편지가 도착했다. 진짜 통쾌했다며 좋아하는 모습을 보니 작은 일이지만 우리 역시 보람을 느꼈다.

"본격적으로, 사람들의 의뢰를 받아 일을 진행하면 어떨까? 세상엔 정말 이상한 인간들이 많단 말이야. 그런 놈들이 우리 눈에 띄기만 기다리는 것보다는 의뢰를 받아 움직이는 편이 훨씬 의미 있는 일을 할 수 있을 것 같아." 베니가 말했다.

어쩌면, 예정된 수순이었다. 베니는 최근 들어 시시하다고, 죄다 시시하다고, 이제는 진짜 혁명을, 진짜 혁명다운 혁명을 하고 싶다고 입버릇처럼 말하곤 했던 것이다. 그것이 무언지 모르지만 그런 일을 하기 위해서는 우리들의 힘만으로는 부족하다고 베니는 느끼는 것 같았다. 언제나 욕망은 더 큰 욕망을 부른다. 작은 욕망을 성취하고 나면 욕망은 가라앉는 것이 아니라 먹이를 먹고 더 크게 부풀어오른다. 욕망이란 원래 그런 것이다.

어차피 우리가 직접 나쁜 놈들을 찾아다니는 것에는 한계가 있었다. 개인의 의뢰를 받아 진짜 나쁜 놈들을 찾아가는 편이 더 자경단다운 활동이라는 생각도 들었다. 타라는 바로 사이트에 공지를 올리기로 했다.

♖혁명에 동참해주세요

베니 굿맨의 컵케이크에서 달콤한 혁명을 시작합니다.

세상을 더럽히는 쓰레기 같은 인간들, 네 이웃의 괴물을 고발해주세요.

왼손엔 컵케이크, 오른손엔 카메라.

아름다운 세상을 꿈꾸는 컵케이크 자경단이 직접 찾아갑니다.

*

"학생을 죽음으로 몰고 간 선생을 고발합니다."

첫번째 의뢰인의 글은 그렇게 시작하고 있었다. 의뢰인에 의하면 최근 학교폭력 문제로 자살한 권 군이 결국 죽음을 선택하게 된 데에는 담임교사였던 J중학교 영어 교사인 최민영 선생의 책임이 크다고 했다. 죽은 권 군은 학교가 지옥 같다, 더이상 이런 세상에 살고 싶지 않다는 유서를 남기고 투신자살했다. 구체적인 내용은 적혀 있지 않았지만 학교폭력, 왕따 문제로 인한 자살이 확실시되면서 죽은 권 군을 괴롭힌 학생들이 누구인지, 조사가 실시되었고 이런 비극적인 사건이 일어나도록 문제의 심각성을 파악하지 못한 담임교사의 책임론도 대두되었다. 폭력과 왕따를 주도했다고 지목된 학생들은 불구속입건되었다. 그러나 담임인 최 선생에 대해서는 학교폭력 문제의 심각성을 파악하지 못한 책임은 있으나 권 군의 죽음에 있어 직접적인 가해자는 아니라는 이유로 별다른 처벌이 내려지지 않았다.

사실 권 군이 죽음을 선택한 가장 큰 이유는 자신이 생각할 때 최 선생 때문이라고 의뢰인은 말했다. 최 선생은 지나치게 권 군을 편애했는데, 그것이 권 군이 왕따를 당하는 데 일조를 했다는 것이다. 그럼에도 불구하고 권 군이 막상 왕따 문제로 고민하자 모른 체하며 권 군을 멀리하고 스토커 취급까지 함으로써 권 군을 절망에 이르게 했다는 것이다. 결국 학교에서 유일하게 의지했던 최 선생에게도 버림을 받자, 더이상 견디지 못한 권 군이 자살을 선택했다고 의뢰인은 말했다. 만약 최 선생이 권 군의 문제를 심각하게 받아들이고 해결하려 노력했다면, 자신을 믿고 따르는 권 군의 마음을 조금만 받아들여줬다면 자살이라는 극단적인 선택까지는 하지 않았으리라는 것이다.

의뢰인은 자신의 무책임함으로 학생이 죽었음에도 도의적 책임도 지지 않고, 너무나 멀쩡하게, 심지어 행복하게 전과 다름없이 살아가는 그녀의 모습을 참을 수 없다고 했다. 왕따가 얼마나 심각한 문제인지, 당하는 사람이 얼마나 고통스러운 건지 그녀는 알려고 하지도 않았고, 알 생각도 없는 것 같아요. 의뢰인은 말했다. 비록 권 군의 죽음을 되돌릴 순 없지만 앞으로는 이런 비극이 생기지 않도록, 최소한의 양심의 가책을 느끼게 해주고 싶어서 제보하게 되었다는 것이다.

학교폭력과 왕따는 심각한 사회적 문제였다. 왕따 문제로 투신자살한 여중생의 교사가 적절한 조치를 취하지 않은 혐의로 불구속입건되는 사례도 있었다. 강도 높은 학교폭력 예방대책이 시행된다고는 해도 그 정도로는 충분하지 않았다. 과연 학교의 선생들은 왕따 문제로 학생이 자살에 이르기까지 무엇을 했는가, 무엇을 해야 하는가에 대한 논의가 좀더 활발해져야 한다고 우리는 생각했다. 선생들 중에는 교단에 서서

학생들을 가르칠 자격도 없는 부적격자들도 많았다. 무책임한 교사들과 왕따 문제를 공론화하기 위해서는 확실히 한 명의 희생양이 필요한 건지도 몰랐다. 인터넷상의 여론을 이용해서 그녀에게 왕따당하는 고통이 무엇인지를 직접 느끼도록 하는 것, 그것이 의뢰인이 원하는 것이었다. 다소 가혹해 보일지라도 이미 죽은 학생에 비하면 그 정도의 고통은 상대적으로 별것 아닐 터였다.

처음에 우리의 목적은 티눈 제거였다. 그러니까 뭐 대단한 범죄자를 단죄하겠다는 게 아니었다. 법으로 해결해야 할 불법적인 행동도 아니면서, 아무렇지 않게 우리 사회를 야금야금 좀먹는 자들, 무좀이나 티눈, 뾰루지 같은 존재들, 그런 이웃의 작은 괴물을 단두대에 올려 공공의 적으로 규정함으로써 사회에 작은 경종을 울리자는 차원이었다. 그러나 베니는 보다 크고 고결한 목적을 위해 굿보이 프로젝트를 진행해나가길 원했다. 왕따를 조장한 선생을 단죄하는 것은 첫번째 혁명 과제로 매우 적절해 보였다. 그리하여 베니와 나는 최 선생이 보여줄 비난받아 마땅한 모습들을 기대하며, 카메라를 들고 그녀를 스토킹하기 시작했다.

9.

혁명은 혁명가를 타도한다

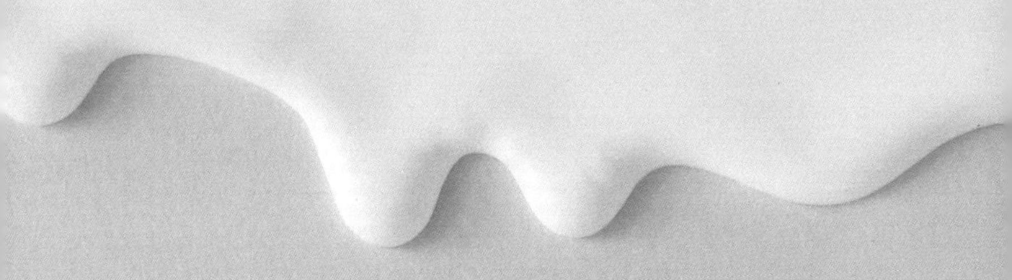

당통은 말하였다.

담대하라, 또 담대하라, 언제나 담대하라.

_안제이 바이다 감독의 영화 〈당통〉 중에서

최민영 선생을 따라다니기 시작한 지 1주일이 지났다. 그러나 알아낸 것은 많지 않았다. 카메라에 담을 수 있는 최 선생의 모습에는 한계가 있었다. 내가 찍고자 한 것은 권 군의 죽음과 관련해 그녀가 좋은 선생이 아니었음을 증거할 만한 영상이었다. 선생이면서 자신의 학생들에게 어떤 일이 일어나고 있는지 몰랐던 무관심, 혹은 알면서 방기한, 모른 체했던 무책임함과 나태함, 그리고 사건이 터진 후에도 자신의 책임과는 무관하다고 생각하는, 죄의식 없는 파렴치함 따위를 보여줄 수 있는 모습이라면 어떤 것이라도 좋았다. 그러나 학교에 잠입해 몰래카메라를 찍을 수도 없는 상황에서, 최 선생에 대해 확보할 수 있는 자료는 밤늦게 학교에서 집으로 돌아가는 모습뿐이었다.

또다시 1주일이 지났지만 그녀를 비난할 근거로 제시할 만한 사진을 찍기란 쉽지 않았다. 그나마 겨우 건진 게 친구들과 클럽에 가는 모습이었다. 최 선생의 생일날, 학생의 죽음으로 힘들어하는 그녀를 위로해주기 위해 친구들이 애써 데려가 깜짝 파티를 열었다는 스토리는 중요하지 않았다. 죽은 학생은 열여섯 살, 더이상 생일을 맞이할 수도, 나이를 먹을 수도 없었다. 그러나 죽은 학생의 담임교사였던 최 선생은 살아서 이렇게 살아 있음을 축하받고 있는 것이다. 따지고 보면 그걸 가지고 선생을 비난한다는 건 상식적으로 말이 되지 않을 수도 있었다. 그러나 중요한 것은 논리적인 근거 따위가 아니었다. 문제는 감정이었다. 학생의 죽음에 대해 누군가는 책임을 져야 했다. 누군가는 그 죽음에 버금가는 고통을 받아야 했다. 죄의식을 한 사람에게 몰아주는 것만이, 죄의식을 나눠가져야 하는 책임감에서 벗어날 수 있는 길일 터였다. 친구들과 어울려 클럽에서 생일 파티를 하는 사진 속 그녀는, 학생들이야 죽건 말건 선생이란 작자는 학교만 나서면 방탕한 생활을 즐긴다, 라고 몰아갈 수도 있는 모습이었다.

물론 이 정도로 그녀를 공개재판할 수는 없었다. 오늘의 굿보이에 올릴 수도 없었다. 이 모든 것은 진짜 결정적인 장면을 포착했을 때, 그녀의 이미지를 원하는 대로 몰아가며 비난 여론을 형성하는 데 도움을 줄 수 있도록, 준비된 것일 뿐이었다. 베니와 나는 그녀가 결정적인 악행을 저지르기를, 확실히 비난받을 만한 결정적인 추한 모습을 드러내기만을 기다렸다.

최 선생을 쫓다가 돌아오는 밤이면 나는 자주 뒤를 돌아보곤 했다. 누군가를 쫓는 자의 불안감은, 쫓기는 자의 불안감이 되기도 하는 법이었다. 나는 가끔, 우리가 뭐라고, 도대체 누군가를 단죄할 수 있는가에 대해서 회의가 들기도 했다. 그리고 베니에게 이 일을 계속해도 되는지에 대해 끊임없이 묻곤 했다.

"이런 짓, 이제 그만둘까. 잘하고 있는 건지 모르겠어."

그러나 내가 물을 때마다 베니는 자신에게 다짐하듯 말했다.

"담대하라. 또 담대하라. 언제나 담대하라."

담대하라, 또 담대하라. 언제나 담대하라.

이 말은 요한이 도서관에서 빌려온 안제이 바이다 감독의 영화 〈당통〉에 나오는 대사였다. 그즈음 요한은 혁명에 대한 괜찮은 경구들을 찾는 데 몰두해 있어서 종종 참고할 만한 영화와 책들을 빌려오곤 했다. 나는 요한이 빌려온 책 중 로런스의 시집에 있는 「제대로 된 혁명」의 다음 구절이 마음에 들어 자주 외웠다.

> 혁명을 하려면 웃고 즐기며 하라
> 소름 끼치도록 심각하게는 하지 마라

너무 진지하게도 하지 마라
그저 재미로 하라.*

처음, 패거리들이 계획했던 혁명은 이런 것이었다. 그러나 어느새 혁명은 너무 진지하고 심각한 것이 되어버렸다. 혁명은 더 가벼워져야 했다. 한입의 컵케이크처럼 작고 귀엽고 달콤해야 했다. 그러나 베니는 점점 더 무거워져만 갔다. 진지함만이 진짜 혁명이라는 듯, 심각함만이 깊이 있는 태도라고 여기는 듯했다. 그는 영화 〈당통〉을 혁명을 위한 지침서라도 되는 것처럼 보고 또 보았다. 그리고 패거리들의 열정이 시들해졌다고 느낄 때마다 베니는 중얼거렸다. "담대하라. 또 담대하라. 언제나 담대하라."

베니가 그 말을 반복할 때마다, 나는 그러나 또다른 글귀를 떠올리곤 했다. 이런 문구였다. "혁명의 대홍수는 자기 마음대로 아무데서나 시체를 치운다네."**

내가 이 혁명 과제에 의심을 품을수록 베니는 더 확고하게 신념을 다지는 것 같았으나 베니 역시 불안으로부터 자유로울 수는 없었던 모양이었다.

어느 날 밤, 베니와 함께 최 선생을 스토킹하다가 헤어져 집

* D. H. 로렌스, 「제대로 된 혁명」, 『제대로 된 혁명』, 류점석 옮김, 아우라, 2008, 266쪽.

** 게오르크 뷔히너, 『보이체크·당통의 죽음』, 홍성광 옮김, 민음사, 2013, 207쪽.

에 막 도착했을 때 나는 베니의 전화를 받았다.

“남자가 칼을 들고 있는 것 같아.”

수화기 너머에서 베니가 속삭였다.

“무슨 소리야?”

“남자가, 앞에서 걸어오는 남자가 칼을 들고 있는 것 같아.”

떨리는 목소리로 그가 말했다.

최근 들어, 트위터를 통해 하나의 괴소문이 확산되고 있었다. 칼을 들고 다니며 닥치는 대로 사람을 잡아다가 필요한 장기를 빼내어 장기밀매상에게 파는 인신매매범에 관한 소문이었다. 진위 여부는 몰라도 소문만으로도 공포감을 조성하기에 충분했다. 얼마 전 베니와 함께 그 트윗을 본 기억이 났다.

“도망쳐!”

나는 소리쳤다.

“지금 여기서 이상한 몸짓이라도 하면 달려들지도 몰라.”

베니는 진짜 두려움을 느끼는 것 같았다. 말없이, 베니의 가쁜 호흡만이 전해져왔다. 나는 숨을 죽이고, 수화기 너머에서 들려오는 소리에 귀를 기울였다. 잠시 후, 안도의 한숨이 들렸다.

“괜찮아?”

내가 조심스레 물었다.

“핸드폰이었어.”

“뭐?”

"남자가 손에 들고 있는 건 핸드폰이었어."

베니가 안도하며 말하고는 인사도 없이 서둘러 전화를 끊었다.

다음날 베니의 말에 의하면 정말 아무것도 아닌 상황이었다. 어두운 골목길을 걷는데, 맞은편에 있던 남자가 갑자기 걸음을 멈추고 주머니에서 무언가를 꺼내더라는 것이다. 그러고는 걸음을 옮기지 않고 그 자리에서 서성이기 시작했다. 베니의 눈에는 남자가 칼을 꺼낸 채 베니가 다가오기를 기다리는 걸로 보였다. 선불리 도망갈 수도 없었던 것이, 눈치채고 도망가려 한다는 낌새가 보이면 바로 달려들어 칼로 찌르고 장기를 적출해갈지도 모른다는 생각에서였다. 그러나 가까이 다가갔을 때, 베니의 눈에 들어온 것은 남자의 핸드폰이었다. 어둠 속에서 핸드폰의 폴더를 여는 것이 베니에게는 접힌 칼을 펼치는 걸로 보였던 것이다. 남자가 걸음을 멈추고 서성였던 이유는, 와이파이가 잡히는 곳을 찾기 위해서였다. 그야말로 아무것도 아닌데 베니 혼자 괜한 두려움에 떨었던 것이다.

"생각해보니까, 나는 그때 내가 아직도 로테라고 느꼈던 것 같아. 그래서 밤길에 만난 남자에 대해 그렇게 공포심을 가졌던 거야." 베니는 말했다.

그러나 그후에도, 그런 식의 오해 때문에 밤늦게 베니가 전화를 걸어오는 일이 두세 번 더 있었다. 한번은 커다란 트렁크를 끌고 가는 남자가 자신을 따라온다는 것이었고, 한번은 긴

장우산을 들고 걸어가는 남자를 의심하는 내용이었다. 로테의 모습을 하고 밤거리를 헤매며 사람들의 악행을 목격하게 되기를 바랐던, 사람들의 내면에 숨겨진 악이 겉으로 드러나기를 바랐던, 자신의 모습이 그런 식으로 다른 사람에게 투영되고 있었는지도 모른다. 아무래도 이 혁명 과제가 베니에게 안 좋은 영향을 미치는 게 틀림없었다.

최 선생을 미행하는 동안, 그러니까 최 선생이 어떤 행위건 공개적으로 비난받을 만한 악행을 저질러주기를, 최소한 그런 식의 조작이 가능한 어떤 추한 모습이라도 보여주길 바라는 동안, 패거리들이 지향하는 커다란 선을 위해 그녀가 작은 악을 행하길 기다리는 동안, 베니는 신경쇠약에 걸린 게 아닐까 싶을 정도로 점점 더 예민해져갔다. 스트레스 때문인지 얼굴에 트러블도 생겼다. 로테의 분장을 하다가 생긴 화장독의 영향도 있을 터였다. 베니는 그것을 견뎌내지 못했고, 다시 청결에 대한 강박 증세를 보였다. 비누를 들고 다니며 하루에도 수십 번씩 얼굴을 씻었다. 그러나 트러블은 가라앉지 않았고, 증세는 오히려 심해졌다. 너무 자주 씻다보니 오히려 피부가 약해져서 그런 거라고, 잦은 비누 세안이 오히려 독이 되는 거라고 타라가 말려도 베니는 말을 듣지 않았다. 그것은 단순한 세안이 아니라 씻김굿과 같은 어떤 의식의 일종 같았다.

나는 그런 베니를 위해 직접 유기농 비누를 만들어 선물하며 말했다.

"처음에는 오히려 더 트러블이 생길지도 몰라. 그런 걸 명현 반응이라고 해. 피부 속의 독소를 끌어내 완전히 없애주는 거야. 일시적으로 더 나빠지더라도 피부를 말끔히 개선하기 위해서 필요한 과정이니까 너무 걱정하지 않아도 돼."

베니는 고마워하며 열심히 비누를 사용하기 시작했다. 바로 효과가 나타나지 않아도 초조해하지 않았다. 발진과 두드러기가 눈에 띄게 돋기 시작했으나 나아지기 위한 과정이라는 것을 이해했다.

"이상하지. 처음엔 너무 괴로웠는데 그것들이 눈에 보이게 드러나는 게 일종의 쾌감을 주더라. 그동안 보이지만 않았을 뿐 내 안에 이렇게 많은 독소들이 있었다는 거 아냐. 말끔히 없애기 위해선 숨기지만 말고 이렇게 겉으로 끌어내야 하는 거겠지. 결국 더 아름다워지기 위한 과정이라고 생각하면 나는 괜찮아."

울긋불긋한 베니의 맨얼굴은 이제 어떻게 봐도 더이상 아름답다고 말하기 어려운 상태가 되었다. 그걸 감추기 위해 베니는 로테가 아닌 베니의 모습일 때도 두꺼운 피부 화장을 하고 다니기 시작했는데, 그런 때의 베니는 로테도 아니고 베니도 아닌, 베니를 삼킨 알 수 없는 이상한 괴물 같았다.

생각해보면, 베니는 세상의 선을 밝히기 위해 악을 드러내는 것이라고 했지만 사실 타인의 추악함을 자신의 아름다움을 빛내줄 등불로 삼고 있었던 게 아닐까 싶었다. 그러나 그렇게 추를 추종하는 동안, 추의 그림자는 베니를 덮치고, 베니를 삼키기 시작한 것이다. 자신의 아름다움에 대한 믿음을 상실하고 나서도, 베니는 여전히 세상을 아름답게 변화시켜야 한다는 책임감을 가질까. 나는 궁금해지곤 했다. 여전히 세상은 더 아름다워질 수 있다고, 무너진 아름다움도 재건될 수 있다고 믿을까. 자꾸만 당통의 말이 떠올랐다.

당통은 말하였다.

"난 잘 알아. 혁명은 사투르누스와 같아서 자기 자식들을 잡아먹지."*

*

최 선생이 추한 모습을 빨리 드러내길 바라며 베니와 함께 뒤를 좇았으나 최 선생은 쉽게 그런 모습을 들키지 않았고, 베니는 어디까지나 들키지 않는 것일 뿐, 잘 감추어둔 추악한 모습이 곧 드러나리라 믿었다.

"악은 주목받길 좋아해. 조급해하지 말고 기다리고 있으면 악은 스스로 모습을 드러낼 거야." 베니가 말했다.

옳은 일을 한다는 믿음은 이 길의 끝이 어디로 이어지는지도 잊게 만들었다. 처음의 목적도 잃어버린 채 우리는 그저 그

* 게오르크 뷔히너, 앞의 책, 113쪽.

녀가 우리의 믿음대로 악인이기를, 비난받아 마땅한 인간이기를 바라며 그녀가 눈에 띄는 악행을 저지르기를 기다렸다.

그리고 마침내, 나와 베니는 의뢰인의 말대로 최민영 선생이 한 남학생과 모텔로 들어가는 것을 포착했다. 키는 최 선생보다 조금 컸고 모자를 푹 눌러써서 얼굴은 잘 보이지 않았지만 걸음걸이나 풍기는 분위기가 얼핏 보아도 최 선생보다 훨씬 어려 보였다. 그녀가 가르치는 학교의 중학생일지도 몰랐다.

들어간 지 두 시간이 지나서야, 흐트러진 모습의 그녀와 남학생이 모텔에서 걸어나왔다. 나는 들어가는 모습과 나오는 모습, 그 모든 것을 사진으로 찍었다. 자신이 상담하던 학생이 왕따 문제로 고민하며 자살을 선택하게 되기까지 그저 방관만 했던 선생이, 아직 미성년자인 자신의 학생과 모텔을 들락거린다는 사실이 공개되면, 그녀에게 쏟아지는 비난은 결코 만만치 않을 터였다. 죽은 학생 또한 왕따 문제뿐 아니라 상담교사와 불건전한 모종의 관계가 있었던 건지도 모른다는 의혹이 불거질 수도 있었다. 어떤 식이건, 최 선생은 죽은 학생에 대한 것이건 같이 모텔에 들어간 학생에 대한 것이건 자신이 저지른 잘못에 대해 공개적으로 비난을 받아 마땅했다.

사실, 나는 배신감을 느꼈다. 그녀의 뒤를 쫓으며 나는 그녀가 의뢰인이 말했던 것 같은 뻔뻔한 인간이 아닐지도 모른다는 생각이 들기 시작했다. 그녀가 카페에서 친구들과 나누는 이야기를 몰래 엿듣거나, 일요일이면 청소년상담소 같은 곳에서 봉사를 하거나 교회에서 죽은 권 군을 위해 기도를 하는 모습들을 보며 의뢰인이나 자신이 오해를 하고 있었는지도 모른다는 생각이 들던 참이었다. 그렇기에 배신감은 더욱 컸다. 인간들은, 왜 멀쩡해 보이는 인간조차 이렇게 추한 모습을 감추고 사는 걸까. 결국엔 들키고 마는 추함을. 그녀는 충분히 단죄받아야 했다.

베니는 의외로 신중하게 접근했다. 인터넷에 이런 사진을 올리면 퍼지는 건 금방이고, 영향력이 크리라는 것을 알고 있었다. 한번 더 사실 확인을 거친 후에 올리자고 했다. 그러나 나는 갑자기 조심스러워진 베니가 마음에 들지 않았다.

"이런 인간은 벌을 받아야 해. 사회의 암적인 존재잖아. 더 곪기 전에 도려내야 한다고. 네가 더이상 아름답지 않다고, 세상을 아름답게 만들겠다는 책임감마저 잃어버린 거야?"

아무리 파운데이션을 발라도 감춰지지 않는 좁쌀 같은 두드러기가 잔뜩 난 베니를 보며 내가 물었다. 베니의 얼굴이 화르륵 달아올랐다.

아무 말 없이, 베니는 나와 함께 지하 벙커로 향했다. 그리고 우리는 혹시 모를 파장을 우려해서 베니 굿맨의 컵케이크 사이트 대신 추적이 불가능한 프록시 서버를 이용해 익명으로 여론을 형성하기 좋은 인터넷 게시판에 사진과 사연을 공개하기로 했다.

선생들, 지긋지긋한 선생들, 공개적으로 비난받아 마땅한 그 모든 선생들을 대표하여 나는 최 선생을 단두대에 올렸다. 익명의 사람들이 죄를 지은 이웃을 마음껏 적으로 규정하고 규탄할 수 있도록, 그 타자화를 통해 자신의 추함을 잠시 잊고 카메라 바깥에서 스스로 윤리적 인간이라 믿을 수 있도록, 우리는 그녀를 공개처형한 것이다. 카메라의 폭력성에 대해서라면 나만큼 잘 아는 사람도 없었다. 내가 상처 입은 만큼, 다른 이들도 상처 입어야 했다. 추하고 추한 우리는 서로의 추함을 카메라에 적나라하게 드러내며 서로를 단죄해야 했다. 그것만이 아름다운 세상에 이르는 길이었다. 사랑은 다른 사랑으로 잊히고 상처는 타인의 상처로 잊힌다.

담대하라. 또 담대하라. 언제나 담대하라.

그 소리는 내 안에서 점점 크게 울려퍼졌다. 나는 변태하고 있다. 나는 혁명가가 되었다. 멀리서 혁명의 북소리가 들려왔다.

*

파장은 컸다.

그녀의 사진과 신상은 우리가 처음 인터넷에 올린 지 열두 시간도 지나지 않아 빠르게 퍼져나갔다. 왕따 문제는 먼 곳의 이야기가 아니었다. 누구나 한번쯤 왕따를 경험했거나, 왕따를 주도하거나 방조한 적이 있었다. 그리고 누구나, 학교에서 직장에서 온라인과 오프라인, 심지어 가정 내에서도 왕따를 당할지도 모른다는 잠재적 불안에 시달렸다. 왕따 문제는 학교와 학생의 문제만이 아니었다. 그러므로 왕따 문제를 방치하고 자신의 학생이 죽음을 선택할 때까지 아무것도 하지 않은 선생이, 그에 관해 죄의식도 없이, 어린 미성년자와 모텔을 들락거리는 사진이 인터넷에 공개되었으니 그 파장은 말할 수 없이 컸다. 그녀는 모텔녀, 왕따 선생 따위의 치욕스러운 닉네임으로 인터넷 검색어에 오르내렸고, 진위 여부를 파악하기에 앞서 이미 SNS와 다양한 커뮤니티 게시판을 통해 국민 악질 선생으로 등극, 비난의 대상이 되어 낱낱이 분해되고 너덜너덜하게 찢겨나갔다.

최 선생이 모텔에 함께 간 남학생은 담임을 맡은 반의 반장이며, 가출한 학생이 그 모텔에 있다는 정보를 듣고 함께 가출한 학생을 찾아 설득하러 간 것이라는 정보가 뒤늦게 흘러나왔으나 사람들은 그에 흔들리지 않았다. 모텔 사진을 보고 성급히 비난했던 사람들조차 중요한 것은 그게 아니라고 말했다. 최 선생은 왕따를 방치한 것만으로도 비난받아 마땅한 사람이라고 했다. 왕따가 얼마나 심각한 문제인지, 당하는 사람의 고통을 느껴봐야 한다고 말하는 사람도 있었다. 심각한 학교폭력과 왕따 문제는 어느 한 사람의 잘못이 아니었다. 그러나 그녀를 비난하는 것으로 모든 죄의식을 씻겠다는 듯 사람들은 한목소리로 그녀를 비난했다. 심지어 근거 없는, 권 군과 그녀와의 은밀한 관계에 대한 추문까지 떠돌았다.

그리고 열흘 후에, 우리는 신문 기사를 통해 그녀의 소식을 접하게 되었다. 지난달 왕따에 시달리다 투신자살한 중학생 권 군의 담임교사였던 최 모 씨가 동해의 한 여관에서 음독자살을 시도하다 발견되었다는 기사였다.

우리는 모두 망연자실했다. 예상보다 일이 커졌다는 생각이 들긴 했지만, 그녀가 자살을 시도하리라고는 생각지도 못했었다. 그녀를 그렇게까지 내몬 것은 따지고 보면 우리였다. 우리가 사진을 올린 지 48시간 만에, 학교는 학부모들의 항의 소동에 시달렸고 최 선생은 퇴직을 종용받았다. 그녀가 결혼을 앞둔 약혼자에게 파혼당했다는 소문이 퍼지면서 학생과 모텔을 들락거렸다는 추문 역시 기정사실화되었다. 최 선생은 학교에 사직서를 제출하고, 집에는 머리를 식히러 여행을 떠난다고 했다. 그리고 동해의 작은 여관에서 죽기로 결심한 것이다.

그녀의 소식이 알려지자 마녀사냥과도 같은 지나친 비난이 또다른 사회적 왕따를 만들고 마침내 피해자를 극단적 선택으로 몰고 갔다는 점에서 다시 한번 인터넷 여론이 들끓었다. 그녀의 사진과 사연을 SNS를 통해 리트윗하며 비난했던 모든 사람들이 이제는 죄의식 속에서 그녀를 그렇게 몰아붙인 최초의 가해자를 찾기에 열중했다. 억울한 죽음은 자꾸만 또다른 죽음으로 그 억울함을 보상받으려는 것 같았다.

"우리가 괴물이 된 것 같아."

베티가 울며 말했다. 아무도 그 말에 반박하지 못했다.

굿보이 프로젝트는 끝이 났다. 사이트는 폐쇄했고, 관련된 계정 역시 모두 닫아놓았다. 앞으로 어떻게 할 것인가에 대한 대책 따위는 없었다. 우리가 할 수 있는 건 아무것도 없었다.

"어쩌면, 있을지도 몰라."

우리가 충격에 휩싸여 흔들릴수록 이상할 정도로 평정심을 유지하며 베니가 말했다.

"의뢰인 말이야, 그날, 최 선생이 모텔에 갈 거라고 우리에게 제보했잖아. 뭔가 이상하지 않아?"

그러고 보니 그 의뢰인은 어떻게 그런 사실을 알고 있었을까. 우리는 의뢰인을 추적하기 시작했다. 그리고 밝혀진 진실은, 이런 것이었다.

익명의 의뢰인은 최 선생과 함께 모텔을 들어갔던 바로 그 반장이었다. 남학생은 사실 최 선생을 좋아했다. 그러나 최 선생이 공부도 잘하고 모범적이며 얼굴도 잘생겼고 집안도 좋은, 대부분의 선생들이 편애하는 모범생인 자신을 다른 평범한 녀석들이나 심지어는 권 군 같은 문제아들과도 똑같이 평등하게 대하는 것에 불만을 품었다.

남학생은 최 선생이 권 군을 좋아하는 것 같다며 권 군을 부추겨 스토커처럼 최 선생을 쫓아다니도록 하는 한편, 뒤로는 은밀히 권 군의 왕따를 주도했다. 아무도 은밀한 공작을 의심하지 못할 정도로 겉으로는 모범적인 학교생활을 유지했다. 최 선생에게는, 두 사람의 관계에 대한 소문이 퍼지고 있으며 그것 때문에 권 군이 왕따를 당하고 있다고 일러줌으로써 최 선생이 권 군을 멀리하도록 했다. 학교에서 왕따를 당할수록 최 선생에게 의지했던 권 군은 갑작스러운 최 선생의 냉정함에 당황했고, 배신감을 느꼈다. "안 그런 척해도 선생들은 다 똑같아." 의뢰인은 권 군에게 말했다. "왕따당하는 데는 너한테 무슨 문제가 있어서일 거라고, 그렇게 생각하는 게 아닐까. 왕따당하더라도 티를 내지 마." 권 군은 필사적으로 자신의 왕따 문제를 선생에게 감추었다.

한번 시작된 왕따는 결코 멈추지 않았다. 권 군이 힘겨워하면 의뢰인은 위로해주며 속삭였다. "어떻게 견디니. 나 같으면 복수할 텐데." "어떻게?" "글쎄. 죽어버리면 저 인간들도 괴로워하지 않을까. 죽는 것보다 더 잔인한 복수는 없을 거야. 그러면 최 선생도 슬퍼하겠지. 내가 좀더 잘해줄걸, 하면서 울면서 후회할거야."

권 군이 죽었을 때, 진짜 자살하리라곤 생각지 못해서 의뢰인도 눈물을 흘렸다. 눈물을 흘리고 나니 마음이 개운해지고 죄의식도 씻겨내려갔다. 그러나 최 선생이 자꾸 마음에 걸렸다. 최 선생은 끝까지 권 군을 돌봐주지 못한 데 대한 책임감과 죄의식에 괴로워하고 있었고, 자신이 권 군을 멀리하는 편이 좋겠다고 조언한 것에 대해서 최 선생이 말은 안 해도 신경을 쓰고 있을 거라는 생각이 계속 들었다. 반 분위기도 흉흉해서 공부에 집중하는 데도 지장이 있었다. 게다가 반장으로서, 학급의 학생이 자살을 선택할 만큼 왕따 문제로 괴로워하는데 그것도 파악하지 못했다고 자신에게도 비난의 화살이 꽂히는 것 같았다. 확실하게 책임을 질 사람이 필요했다. 최 선생이, 그 비난을 모두 책임져주기를 원했다. 여론을 형성하기에 가장 좋은 방법은 인터넷에 터뜨려버리는 것이었다. 그러나 자신이 직접 할 수는 없었다. 그 일을 해줄 사람을 물색하기 시작했다. 그러다가 베니 굿맨의 컵케이크 사이트를 알게 되고 의뢰를 하게 된 거였다.

시간은 흘러가는데 아무리 기다려도 만족할 만한 증거가 나오지 않자, 의뢰인은 직접 일을 꾸미기로 했다. 최 선생에게 학교폭력 문제로 고민하다 가출한 한 학생이 자살하겠다는 편지를 남겼다고, 지금 모텔에 있는데 약을 먹으려 한다고 같이 말리러 가줄 것을 부탁했다. 선생은 부모와 다른 선생님들에게 알려야 하지 않느냐고 했지만 의뢰인은 말했다. 무슨 일을 저지를지 모르는 충동적인 아이다. 여럿이 들이닥치는 걸 보면 그 자리에서 동맥을 끊거나 약을 먹고 바로 자살을 시도할지도 모른다. 그 남학생은 평소에 최 선생을 짝사랑하고 있었다. 자신이 좋아하는 최 선생이 잘 타이르면 마음을 돌릴지도 모른다. 대충 그런 내용이었다.

최 선생은 망설였으나, 죽은 권 군에 대한 죄의식이 이미 그녀를 짓누르고 있던 터였다. 다시 학생의 죽음을 방관하고 있을 수는 없었다. 최 선생은 의뢰인을 따라나섰다. 의뢰인은 모텔에 들어서는 사진만 찍히면 그만둘 생각이었다. 그러나 막상 방에 들어가게 되자 마음이 바뀌었다. 좋아했던 최 선생과 둘이 모텔방에 있자니 기분이 이상해졌다. 최 선생은 방이 비어 있는 걸 보고 무언가 잘못되었다는 것을 느꼈고 의뢰인을 추궁했다. 의뢰인은 사실을 말하는 대신 오래전부터 최 선생을 좋아해왔다고 고백했다. 최 선생은 서둘러 방을 빠져나오려 했지만 의뢰인이 그녀를 붙잡았다. 키스만 할 생각이었다. 그러나 최 선생이 자신을 치한 대하듯이 하자 모욕감까지 더해 그는 최 선생을 협박했다.

오늘 일에 대해 한마디라도 하면, 나도 자살할 거야. 의뢰인이 경고했다. 당신이 그 자식의 애정만 받아줬어도 그렇게 죽지는 않았을 거야. 당신이 불쌍한 그 아이의 유일한 희망을 짓밟아버린 거라고. 내 이야기를 꺼내면 나 역시 죽어버릴 거야. 그럼 당신 때문에 죽은 학생이 두 명이나 되는 거지. 그런 죄책감을 끌어안고 당신이 잘 먹고 잘 살 수 있을 것 같아? 의뢰인은 위협했다.

고작 중학생에 불과했다. 그랬기에 최 선생도 불안하긴 했으나 크게 걱정하지 않고 모텔까지 따라나섰을 터였다. 그러나 앞뒤 분간할 줄 모르는 어린 남학생이기에 더 무모할 수도 있다는 것을 그녀는 몰랐다.

그것이 그녀가 끝내 사실을 밝히지 못한 이유였다. 그리고 사실을 밝히고 남학생이 자살하는 걸 보느니, 그녀는 자신이 죽기로 결심했다. 이 모든 진실은, 너무나 어이없이 밝혀졌다. 남학생이 어리석게도, 치기 어린 마음에 여선생과 모텔에서 함께 있었다는 사실을 익명으로 한 인터넷 게시판에 자랑삼아 남겼던 것이다.

우리는 의뢰인의 흔적을 추적 끝에 그 사실을 알게 되었고, 인터넷에 진실을 공개했다. 이제 비난의 화살은 당연히 의뢰인에게 쏟아졌다.

"끝난 걸까. 이제 정말 끝난 걸까."

타라가 허탈하게 중얼거렸다. 권 군과 얽힌 비극의 배후로 남학생을 공개처형시켰다. 그렇다고 해서 우리의 죄가 씻겨내려간 것도, 이 모든 악몽을 돌이킬 수 있는 것도 아니었다.

"다음엔 또 누굴까."

"우리가 아니라도 사람들은 또 누군가를 찾겠지."

지하 벙커에는 아직도 달콤한 컵케이크 향기가 감돌고 있었다. 그러나 우리의 혁명은 더이상 달콤하지 않았다. 이젠 정말 그만둬야 했다. 이렇게 꼬리에 꼬리를 물고, 결국 또다른 비난의 대상을 찾는다고 해서 우리의 죄가, 우리의 잘못이 씻기는 건 아니었다. 누군가를 악의 축으로 비난한다고 해서 내가 선이 되는 것도, 내가 더 아름다워지는 것도 아니었다. 비난의 대상이 되는 한 명을 공개재판하고, 그를 마녀로 만들어 돌팔매를 하면서 나는 다르다, 라고 주장하는 것은 선의 의지가 아니었다. 처음에 우리는 분명히, 그런 현상에 대한 반발로, 선으로써 선의 의지를 실현시키겠다는 생각에서 굿보이 프로젝트를 시작하게 된 거였다. 도대체 어디서부터 어긋난 걸까.

"멈춰야 해. 이런 건 결코 끝나지 않아. 늦었지만, 지금이라도 멈추어야 해."

슬픈 목소리로, 그러나 단호하게 요한이 말했다.

그랬다. 이제는 멈추어야 할 때였다. 늦은 후에야 우리는 깨달았다. 정지선은 저 앞에 그어져 있었고, 우리는 진즉 멈추어야 했다. 그러나 정지선을 지나, 가로막은 장애물을 박고 벽에 부딪치고 나서야, 겨우 브레이크를 밟을 수 있게 된 것이다. 정지선도 무시한 채 규정 속도를 어기고 무작정 앞으로 달리는 동안, 우리는 모두 일그러진 얼굴을 한 괴물이 되어 있었다. 우리는 그렇게 흩어졌다. 그러나 베니는 멈추지 않았다. 모두가 더이상은 안 된다고 해도 멈추지 못했다.

*

첫째 천사가 나팔을 부니 피 섞인 우박과 불이 나와서 땅에 쏟아지매 땅의 삼분의 일이 타버리고 수목의 삼분의 일도 타버리고 각종 푸른

풀도 타버렸더라-요한묵시록 8장 7절

베니가 침묵을 깨고 트위터에 글을 남긴 것은 혁명의 날이 임박했다는 증거가 분명했다. 그러나 이 트윗 내용만으로는 베니가 무슨 일을 벌이려는지 알 수 없었다. 그때, 베니가 사라지기 전에 한 말이 떠올랐다. 그날이 되면, 너도 알게 될 거야. 우리의 혁명기념일이 언제가 될지.

8월 7일이다. 나는 짐작했다. 베니는 분명히 내가 알게 될 거라고 했다. 그렇다면, 이것은 혁명기념일을 알려주는 메시지다. 8월 7일. 나는 확신했다. 8월 7일이라면, 이틀밖에 남지 않았다. 8월 7일. 베니는 무엇을 하려는 것일까.

내가 또 보고 들으니 공중에 날아가는 독수리가 큰 소리로 이르되 땅에 거하는 자들에게 화, 화, 화가 있으리로다 이외에도 세 천사의 불 나팔 소리를 인함이로다 하더라-요한묵시록 8장 13절

아침이 되자, 베니의 트위터에 새로운 글이 올라와 있었다. 그는 무엇을 준비한 것일까. 이 트윗이 의미하는 건 무엇일까. 나는 요한묵시록 8장 1절부터 13절까지 천천히 다시 살펴보기 시작했다.

1) 일곱째 봉인을 떼실 때에 하늘이 반시간쯤 고요하더니

2) 하나님 앞에 시위한 일곱 천사가 있어 일곱 나팔을 받았더라

3) 또다른 천사가 와서 제단 곁에 서서 금향로를 가지고 많은 향을 받았으니 이는 모든 성도의 기도와 합하여 보좌 앞 금 제단에 드리고자 함이라

4) 향연이 성도의 기도와 함께 천사의 손으로부터 하나님 앞으로 올라가는지라

5) 천사가 향로를 가지고 제단의 불을 담아다가 땅에 쏟으매 우레와 음성과 번개와 지진이 나더라

6) 일곱 나팔을 가진 일곱 천사가 나팔 불기를 준비하더라

7) 첫째 천사가 나팔을 부니 피 섞인 우박과 불이 나와서 땅에 쏟아지매 땅의 삼분의 일이 타버리고 수목의 삼분의 일도 타버리고 각종 푸른 풀도 타버렸더라

8) 둘째 천사가 나팔을 부니 불붙는 큰 산과 같은 것이 바다에 던져지매 바다의 삼분의 일이 피가 되고

9) 바다 가운데 생명 가진 피조물들의 삼분의 일이 죽고 배들의 삼분의 일이 깨지더라

10) 셋째 천사가 나팔을 부니 횃불같이 타는 큰 별이 하늘에서 떨어져 강들의 삼분의 일과 여러 물 샘에 떨어지니

11) 이 별 이름은 쓴 쑥이라 물의 삼분의 일이 쓴 쑥이 되매 그 물이 쓴 물이 되므로 많은 사람이 죽더라

12) 넷째 천사가 나팔을 부니 해 삼분의 일과 달 삼분의

일과 별들의 삼분의 일이 타격을 받아 그 삼분의 일이 어두워지니 낮 삼분의 일을 비추임이 없고 밤도 그러하더라

13) 내가 또 보고 들으니 공중에 날아가는 독수리가 큰 소리로 이르되 땅에 거하는 자들에게 화, 화, 화가 있으리로다 이외에도 세 천사의 불 나팔 소리를 인함이로다 하더라.

불인가. 요한묵시록을 읽고 떠오르는 것은 커다란 화염뿐이었다. 모든 것을 다 집어삼키는 화염. 아무래도 베니의 혁명은 불에 관련되어 있는 것 같았다. 혁명기념일이란 말 역시 밤하늘을 수놓는 불꽃놀이를 연상시켰다. 베니는 어디선가 불꽃놀이 소리가 들릴 때마다 전쟁이 나는 소리 같아서 무서웠다고 내게 말한 적이 있었다. 아름다운 전쟁, 그것은 불에 관한 것이 분명했다. 그는 무엇을 태우려는 것일까? 자신을? 누군가의 분신 사진에 매혹되었던 베니가 떠올랐다. 불길했다. 너무 불길했다. 그렇다면, 그렇다면 어디서? 어떻게?

나는 베니의 트위터에 저장된 사진들을 다시 훑어보았다. 사진 속에 힌트가 숨어 있을지도 몰랐다. 베니라면 아름답지 않은 것은 자신의 트위터에 남겨두지 않았을 것이다. 패거리들이 함께 찍은 단체 사진이 남아 있었다. 그리고 우리가 처음 만든 컵케이크와 베니의 셀카 몇 장, 확실히 아름답다고 생각

할 만한 몇 개의 사진들 속에, 방화 당시 불타버린 숭례문의 사진이 있었다.

혹시.

『금각사』를 좋아하던 베니가 떠올랐다. 우리들의 금각사. 그것은, 숭례문이었다. 베니는 숭례문으로 가려는 것이다. 베니는 숭례문을, 이제 막 복원이 끝난 숭례문을 다시 불태우려는 것이다. 아름다운 것은 재건되지 않는다. 그의 목소리가 들렸다. 추한 것은 추한 그대로 남겨두어야 한다. 그래야 어리석은 사람들은 아름다움을, 아름다움의 가치를 기억한다. 베니의 말이 떠올랐다.

아무리 생각해도 숭례문 방화밖에 없었다. 베니가 그런 일을 벌이도록 놔둘 수는 없었다. 그것은 베니를 위해서도, 모두를 위해서도 다시는 있어서는 안 되는 일이었다. 방화에 대한 감시가 더욱 철저해진 만큼, 베니가 일을 벌이기 전에 제지를 당할 확률이 더 컸다. 그러나 실패로 끝나더라도 이 일은 베니를 산산이 부서뜨릴 거였다. 돌이킬 수 없도록 베니를 불태울 터였다. 막아야 했다. 어떻게든 막아야 했다. 하지만 우리는 베니가 어디 있는지도 알지 못했다. 도대체 어디서 어떻게 베니를 찾아야 할까. 지금 베니가 숭례문으로 향하고 있다면 우리는, 우리는 무엇을 할 수 있을까. 무엇을 해야 하나.

그때, 민주가 갑자기 커다란 반죽통에 밀가루를 붓기 시작했다.

"뭘 하는 거야?"

"천 개의 컵케이크를 만들 거야."

"컵케이크?"

"천 개의 컵케이크 축제를 시작하는 거야."

민주가 말했다.

10.

천 개의 컵케이크 축제

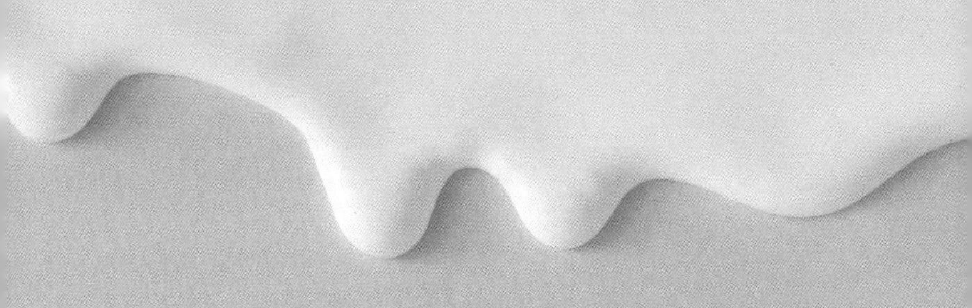

♕천 개의 컵케이크 축제가 시작됩니다

♕지령 : 베니 굿맨을 찾아라

♕우리들의 굿보이, 착한 베니를 찾아주세요
베니가 오늘 하루 착한 일 백 개를 하면, 천 개의 컵케이크 축제가 시작됩니다.
베니를 만나면 부탁하세요. 짐을 들어주세요. 길을 알려주세요. 외로우니 잠시 동행이 되어주세요. 어떤 부탁도 좋습니다. 우리들의 베니가 그 자리에서 할 수 있는 사소하지만 착한 행동, 당신에게 도움이 되는 선행을 당당히 요구하세요. 그리고 그 사연과 사진을 SNS로 올려주세요. 참여해주신 모든 분께 컵케이크를 선물로 드립니다.

오늘, 달콤한 혁명이 시작됩니다. 세상을 아름답게 바꾸기 위한 혁명은 인간의 선의를 믿는 여러분의 작은 믿음에서 시작됩니다. 널리 리트윗해주시고 많은 참여 부탁드립니다.

♕시간

8월 7일 자정까지.

♕베니 굿맨을 찾는 법

1) 길에서 도움을 청했을 때 거절하지 않고 들어준다면, 그가 바로 굿보이 베니입니다.

2) 모든 길은 숭례문으로 통한다. 숭례문으로 갈 수 있는 지하철, 버스, 택시, 모든 교통수단과 거리에서 당신은 베니를 만날 수 있습니다.

3) 굿보이 티셔츠를 입은 진짜 베니 굿맨을 찾아 사진과 사연, 장소와 시간을 누구보다 정확하게, 누구보다 빠르게 SNS에 올려주시면 확인 후 컵케이크 열 개와 함께 특별한 선물을 드립니다. 수많은 베니 속에 숨은 진짜 베니를 찾아주세요.

♕참여 방법

1) 베니를 만나면 말하세요 "착한 소년, 도움이 필요한데 저 좀 도와주시겠어요?"

2) 베니가 고개를 끄덕이면 원하는 부탁을 하시면 됩니다. 길안내를

부탁하거나, 뭉친 어깨를 풀어달라거나, 사진을 찍어달라거나, 바로 실행에 옮길 수 있는 착한 일을 부탁해주세요. 그가 당신을 도와줄 수 있도록. 그는 착한 소년이니까 절대로 그냥 지나치지 않을 겁니다. 단, 돈을 요구하거나 무리한 부탁은 하시면 안 됩니다.

3) 만약 그가 굿보이라고 쓰인 티셔츠를 입고 있다면 그를 잡고 물어보세요. 혹시 베니? 그가 고개를 끄덕이면 당신은 진짜 베니 굿맨을 만난 겁니다. 선행이 끝나면 그에게 말해주세요. 너는 아름답다고. 너는 착한 소년이라고. 머리를 쓰다듬고 안아주셔도 좋습니다.

4) 베니 굿맨의 SNS에 착한 일을 해준 굿보이 베니의 사진과 사연, 장소와 시간을 실시간으로 올려주세요. 그리고 오늘 자정까지 숭례문 앞으로 찾아오시거나 컵케이크를 받을 주소를 남겨주시면 달콤한 컵케이크를 선물로 드립니다.

♕베니의 이름을 큰 소리로 불러주세요

선량한 시민들의 힘을 믿습니다.

당신이 이름을 불러주었을 때, 베니는 우리 곁에 모습을 드러냅니다.

당신이 찾아주지 않으면, 베니는 우리 곁에서 사라집니다.

천 개의 컵케이크 축제가 성공할 수 있도록 많은 참여 부탁드립니다.

♛

무엇이 베니의 맘을 돌릴 수 있을까. 아름다움은 재건될 수 있다는 것을, 어떻게 하면 보여줄 수 있을까. 고민 끝에 우리는 베니가 원했던 천 개의 컵케이크 축제를 벌이기로 했다. 이것은 언젠가 베니가 우리에게 말했던 아이디어였다.

베니는 아름다운 소년이었다. 그리고 지금도, 여전히 베니는 좋은 소년이다. 그가 돌이킬 수 없는 일을 저지르게 둘 수는 없었다. 그에게 진짜 아름다움을 다시 상기시켜야 했다. 우리는 서로의 아름다움을 나누는 그로테스크한 축제 속에서 베니의 흔적을 찾을 수 있기를 바랐다. 그가 자신의 본질, 자신은 어쩔 수 없이 아름다운 소년이라는 것을 깨닫게 하기 위해서는 천 개의 컵케이크 축제와 같은 우리만의 포르노그래피 축제가 필요했다.

사진에 찍힌 굿보이 중에는 물론 진짜 베니가 아닌 사람들이 더 많을 터였다. 그러나 그래도 좋았다. 베니로 인해 착한 일을 권하는, 서로의 선량한 마음을 믿고 선행을 행할 수 있도록 부탁하고 행하는 것. 그것이 결국은 베니의 존재를 드러내는 일이 될 거라는 걸 우리는 믿었다. 운이 좋으면, 우리는 베니가 숭례문에 도착하기 전, SNS에 뜬 그의 사진으로 경로를 추적해서 그를 저지시킬 수도 있었다.

이게 과연, 도움이 될까? 사람들이 정말 동참할까? 회의적인 생각이 들지 않은 것은 아니었으나, 할 수 있는 것을 해보는 수밖에 없었다. 안 된다고 해서, 주저앉아 있을 시간이 없었다. 할 수 있는 것을, 할 수 있는 시간에 해야 했다. 우리의 힘만으로는 불가능하다면 사람들의 의지를, 선한 의지를 믿어야 했다. 우리가 할 수 있는 건 그것뿐이었다. 어쩌면 베니는 우리가 자신의 악행을 막아주길 바라며, 그렇게 계속 힌트를 남겨왔는지도 몰랐다.

민주와 베티는 컵케이크를 만들고, 타라는 인터넷으로 홍보를 하고, 요한과 나는 숭례문으로 달려갔다. 베니는 어디선가 밤이 되기를 기다리며 이동하고 있을 터였다. 아직 시간이 있었다. 돌이킬 수 있는 시간은 언제든지 남아 있다. 세계는 언제나 5분 전의 세계라는 걸, 나는 기억했다.

*

베니는 사라졌다. 숭례문은 불타지 않고 복원된 그대로, 아름답고 슬픈 모습으로 우리 곁에 남았다. 베니의 마지막 행적에 관해서는 수많은 사람들이 함께 증언해주었다. 나는 SNS에 올라온 그들의 사진과 증언을 토대로 베니의 마지막 이야기를 재구성할 수 있었다.

그날, 베니는 준비한 시너 한 통을 넣은 가방을 메고 숭례문으로 향했다. 시너 한 통과 라이터, 그리고 어리석은 한 인간의 좌절과 분노만 있으면 국보 1호, 1398년에 지어진 유구한 역사를 지닌 숭례문도 그렇게 쉽게 불타버릴 수 있었다. 그러나 오늘의 방화는 다르다고 베니는 생각했다. 이것은 나의 분노가 아니라 나의 아름다움이다. 나의 절망이 아니라 나의 희망이다.

숭례문은 우리 내면의 추함을 상징하면서, 그렇게 불타버린 채로 남아야 했다. 아름다움은 한번 무너지면 결코 복원되지 않는다는 것을, 재건은 가짜이고 치유될 수 있다는 믿음은 거짓일 뿐이라는 것을, 잊지 말고 기억하도록 그렇게 불탄 채로 존재해야 했다. 베니는 활활 타오르는 숭례문을 떠올려보았다. 그 강렬한 아름다움은 결코 지워지지 않을 터였다. 천 개의 컵케이크에 불을 밝힌 것처럼 아름답게 빛날 터였다. 오늘은 혁명의 날, 축제의 날로 기억되리라. 이것은 나의 소명이며 우리의 미래다. 베니는 숭례문으로 향하기 시작했다. 그러나 숭례문까지 가는 길에 예상치 못한 일들이 생겨나기 시작했다.

처음 베니를 붙잡은 것은 한 임신부였다. "착한 소년, 도움이 필요한데 좀 도와주시겠어요?" 무슨 일이지. 지금 다른 데 신경쓸 시간도, 여력도 없었지만 배가 많이 부른 임신부가 도움을 요청하는데 그냥 지나칠 수는 없었다. 베니는 고개를 끄덕였다. 임신부는 양손에 쇼핑백을 들고 있었다. "몸이 무거워서 그런데, 지하철역까지 짐 좀 들어줄 수 있을까요?" 베니는 임신부의 짐을 들고, 동두천역까지 함께 걸어갔다. "고마워서 그런데, 기념으로 사진 한 장만 같이 찍어요." 임신부가 부탁했고, 베니는 역시 거절하지 못했다. 헤어질 때, 임신부가 자신의 부른 배를 쓰다듬으며 말했다. "참 착한 소년이네요. 저도 착하고 아름다운 아이를 낳고 싶어요."

두번째는 지하철역에서 연주를 하는 한 남자였다. 남자는 기타를 들고 지하철 통로에서 노래를 하고 있었는데 바쁘게 지나가는 사람들의 걸음을 멈추게 하기에는 부족한 실력이었다. 저 정도의 노래 실력으로 거리공연을 하다니. 용기가 대단하다는 생각을 하며 그 앞을 걸어가는데 남자가 말했다. "거기 착한 소년, 도움이 필요한데 좀 도와주시겠어요?" 베니는 주위를 둘러보았다. 남자가 말을 건넨 건, 자신이 분명했다. "실은 내 음악을 끝까지 들어주는 사람이 없어. 나는 사람들이 내 음악을 듣고 즐겨줬으면 좋겠는데. 괜찮으면 끝까지 내 음악을 듣고, 마음에 들면 박수를 쳐줄 수 있을까?" 베니는 고개를 끄덕였다. 남자가 연주를 시작했다. 형편없다고 생각했는데, 처음부터 끝까지 귀기울여 들으니 남자의 노래에는 그 나름의 매력이 있다는 걸 알 수 있었다. 베니가 자리를 뜨지 않고 노래를 듣고 박수를 치자, 베니 곁으로 한 사람 두 사람 다가와 남자의 공연을 지켜보기 시작했다. 남자가 중간에 실수를 했을 땐 다 같이 웃음을 터뜨리기도 했고, 미안한 남자가 신나는 곡을 연주하기 시작하자 음악에 맞춰 몸을 흔드는 사람도 있었다. 두번째, 세번째 곡이 끝나자 박수 소리는 더 커졌다. 이제 자리를 떠도 되겠지. 베니가 슬며시 자리를 뜨려 하자 남자가 말했다. "어이 착한 소년, 가기 전에 기념으로 사진 한 장만 찍어줘." 남자가 다가와 베니의 어깨를 끌어안고 사진을 찍는데 거부할 수가 없었다. "고맙다. 넌 참 착한 소년이구나." 남자가 베니의 귀에 속삭였다. 그리고 남자는 다시 연주를 시작하며 말했다. "이건 착한 소년 베니를 위한 곡입니다. 넌 참 아름답다."

어떻게 내 이름을 아는 걸까. 베니는 놀라 황급히 자리를 떴다. 자신이 잘못 들었는지도 몰랐다. 그냥 우연히 남자의 노래 제목에 베니가 들어갔을 수도 있었다. 가슴이 두근거렸지만 그때만 해도, 무슨 일이 벌어지고 있는지 베니는 알지 못했다.

세번째는 지하철에서 옆자리에 앉아 있던 한 여자였다. 여자는 머뭇거리다가 베니에게 물었다. "착한 소년, 도움이 필요한데 저 좀 도와주시겠어요?" 그렇게 말하는데 거절할 수는 없었다. 베니는 고개를 끄덕였다. 여자는 자신이 연극배우라고 했다. 오늘 처음으로 연극에서 조연으로 출연하는데, 관객이 열 명이 넘지 않으면 공연이 취소될지도 모른다며 걱정했다. "혹시 보러 와줄 수 있나요?" 여자는 초대권을 건네며 말했다. 오후 7시. 베니는 미안하다고 거절하고 싶었다. 자신에게는 할 일이 있다고, 급히 가야 할 곳이 있다고 말하고 싶었다. 그러나 초대권을 건네는 여자의 떨리는 손을 보았다. 얼마나 용기를 내어 한 일인지 알 수 있었다. 차마, 거절할 수 없었다. 베니는 초대권을 받아들었다. 아직 시간이 있었다. 연극을 보고 바로 출발하면 계획에 차질이 생기지는 않을 것 같았다. 베니는 여자와 같이 혜화역에 내렸다. 여자는 베니에게 기념사진을 부탁했다. 그리고 말했다. "정말 착한 소년이네요. 참 아름다워요."

아직 공연까지는 시간이 남아 있었다. 대학로는 오랜만이었다. 공원 벤치에 앉아 하늘을 보았다. 한여름의 무더위는 성냥을 들고 있기만 해도 불이 붙을 것처럼 뜨거웠다. 이렇게 건조한 날씨에는 불도 잘 붙을 터였다. 그때 한 남자가 다가왔다. 옆의 벤치에 앉아 멍하니 하늘을 보다가 중얼중얼 노트에 무언가를 열심히 적던 사람이었다. 그가 가만히 베니를 보더니 물었다. "착한 소년, 도움이 필요한데 저 좀 도와주시겠어요?"

이상했다. 왜 오늘따라, 내게 도움을 청하는 사람들이 이렇게 많은 걸까. 아무래도 굿보이 티셔츠 때문인가보다고, 베니는 생각했다. 티셔츠에 새겨진 굿보이라는 활자가 도움이 필요한 사람들에게 부탁해도 되겠다는 안도감을 주는 것 같았다. 사람들이 내가 입은 티셔츠를 보고, 나를 착한 소년이라 생각하고 도움을 청한다고 생각하니 거절할 수 없었다. 남자가 다시 물었다. "사실은 제가 시를 쓰고 있는데, 시를 들려줄 사람이 없어서요. 제 시를 듣고 좀 평해주시겠습니까?" 그가 베니가 만난 네번째 사람이었다.

다섯번째는 서점에서 만난 한 여학생이었다. 숭례문의 역사에 관한 책을 살펴보고 있을 때였다. 임진왜란, 병자호란 때의 화마에도 불타지 않았던 숭례문. 크고 작은 개축을 거치며 600여 년의 세파를 견뎌낸 숭례문. 관악산의 화기를 막기 위해 세로로 쓴 현판. 그러나 2008년 방화에 소실되었다가 2013년, 5년 만에 다시 복원된 숭례문. 그 숭례문이, 오늘 또 한번 거대한 불기둥이 되어 타오를 터였다. 기억하라고, 당신들의 추악한 현재를 기억하라고. 잊지 말라고, 지독한 추함 속에서 태동하는 아름다움의 힘을 잊지 말라고. 손끝까지 열기가, 가슴속의 열기가 퍼져나가는 것 같았다. 그때, 여학생이 다가와 말을 걸었다. "착한 소년, 도움이 필요한데 저 좀 도와주시겠어요?"

여학생은 면접을 앞두고 있었다. 지금 면접 장소로 가는데 너무 떨린다면서 자신을 위해 잘될 거라고, 다 잘될 거라고 한마디만 해달라고 부탁하며 덥석 베니의 손을 잡았다. 긴장 때문인지 손이 축축했다. 베니는 당황했으나 곧 그 손을 마주잡았다. "간절히 원하면, 이루어진다고 했으니까. 잘될 거예요." 여학생은 고마워하며 손을 놓았다. 그리고 기념사진을 부탁했다. 피하고 싶었지만 거절할 수가 없었다. "정말 착한 소년이네요. 역시 아름다운 사람들이 마음도 착하다니까. 제가 합격하면 모두 당신 덕분이에요." 여학생이 웃으며 말했다.

여섯번째는 음식점 앞에서 망설이던 한 여자였다. "착한 소년, 도움이 필요한데 저 좀 도와주시겠어요?" 부대찌개가 너무 먹고 싶은데 부대찌개는 다 2인 이상이라서 혼자 들어가 시킬 수가 없다고 했다. "그냥 같이 밥만 먹어주면 돼요. 서울에 올라온 지 얼마 안 돼 아는 사람도 없고, 계속 혼자 먹다보니까 밥맛도 없네요." 여자가 우울하게 말했다. 같이 마주앉아 밥 먹어줄 사람이 필요한 그 마음을 모르지 않았다. 식욕도 없었고, 무언가 먹을 수 있을 것 같지 않았지만 베니는 여자와 함께 식당에 들어갔다. 2인분의 부대찌개를 시켜놓고, 땀을 흘리며 먹는 여자를 보며 여자가 미안해하지 않도록 베니도 먹는 시늉을 했다. 먹는 시늉을 하다보니 잊고 있던 식욕이 조금씩 되살아나기도 했다. "같이 먹으니까, 좋네요." 여자가 말했다. 베니는 오랜만에 밥 한 공기를 다 비웠다. 다 먹고 나서 여자가 사진을 찍으며 말했다. "참 착한 소년이네요. 아까는 며칠 굶은 사람 같더니, 밥 먹고 나니까 더 아름다워요." 그 말을 듣고 베니는 같이 밥 먹을 사람이 필요한 것은 여자가 아니라 자신이었다는 것을 알게 되었다. 여자는 베니의 굶주린 얼굴을 보고 그런 부탁을 했던 것이다.

일곱번째는 공연장에서였다. 공연을 보러 관객석에 들어가 보니 겨우 열 명 남짓 앉아 있었다. 공연이 취소될 수도 있다는 최소 인원 열 명은 다행히 넘긴 듯했다. 약속을 했으니 그냥 나올 순 없었다. 1막만 보고 슬쩍 자리를 뜰까 생각하며 베니는 공연을 보기 시작했다.

그러나 베니는 자리를 뜰 수 없었다. 중간에 관객의 동참을 요구하는 장면이 있었는데 베니가 지목당한 것이었다. 베니는 고개를 저었지만, 한번만 도와달라는데, 사람들의 시선이 모두 자신에게 꽂히는데, 거절할 수가 없었다. 베니는 무대로 올라갔다. 그리고 의자에 앉아 여자주인공의 프러포즈와 꽃다발을 받았다. 연극이 끝나자 극단원들이 모두 다가와 인사를 건넸다. "착한 소년 고마워요. 함께 기념사진을 찍어요." 사진을 찍고 나자 연출가가 물었다. "아름다운 얼굴이야. 연극해볼 생각 없어요?"

공연장을 빠져나오니 벌써 9시였다. 지체할 시간이 없었다. 베니는 4호선 지하철을 타고 회현역으로 향했다. 지하철 맞은편에는 한 사내아이와 엄마가 앉아 있었는데 아이가 멀미가 나는지 자꾸 칭얼거렸다. 아이가 결국 바닥에 구토를 했다. 사람들이 인상을 찌푸리며 슬금슬금 물러섰다. 당황한 엄마가 휴지를 꺼내어 바닥을 닦다가 베니를 보고 머뭇거리며 물었다. "착한 소년, 도움이 필요한데 저 좀 도와주시겠어요?"

베니는 같이 주저앉아 아이가 토한 음식을 닦기 시작했다. 지켜보던 남학생 한 명이 다가와 함께 치우자, 곁에 있던 여학생도 자신의 물티슈를 꺼내어 구토물이 묻은 아이의 입과 손과 옷을 닦아주었다. "고마워요. 감사합니다." 아이의 엄마가 연신 인사를 했다. 두 사람이 구토물이 든 봉지를 들고 내리려고 하자 한 아주머니가 물었다. "내릴 역이에요?" "아니요. 하지만 이걸 버려야 되니까.” 그러자 아주머니가 손을 내밀었다. “내가 지금 내리는 길이니까 버려줄게요.” 아이의 엄마가 미안해하며 괜찮다고 해도 아주머니는 빼앗듯이 그것을 들고 내렸다. 아이의 엄마는 고맙다며 베니와 도와준 사람들에게 사진을 같이 찍어도 되냐고 물었다. SNS에 올리고 싶다는 거였다. 다들 웃으며 사진을 찍는데 베니만 거절할 수도 없었다. 베니가 내리려는데 아이의 엄마가 말했다. “참 착한 소년이네요. 우리 아들도 이렇게 착하고 예쁘게 컸으면 좋겠어요.” 그것이 여덟번째였다.

베니는 회현역을 빠져나와 숭례문을 향해 걷기 시작했다. 어둠이 내린 거리를 걸으며 머릿속으로 다시금 계획을 정리했다. 첫번째 방화 때처럼, 그렇게 쉽지는 않으리라는 걸 알고 있었다. 그러나 자신은 해낼 것이었다. 해내야 했다. 이 어둠도 곧 숭례문의 불길에 환하게 물러날 터였다. 어둠에 묻힌 추한 모습들 역시 불길에 모두 드러나게 될 터였다. 재건으로는, 아름다움을 온전히 회복할 수 없다. 추함을 보존하는 길만이, 모두에게 충격을 주었던 방화 당시의 상태로 되돌리는 것만이, 인간의 본성은 이토록 추하며, 그래서 끊임없이 아름다움을 갈망하고 그것을 이루기 위해 부단히 노력해야 한다는 것을 상기시켜주리라고, 베니는 생각했다. 그것이 자신이 할 수 있는 가장 아름다운 혁명이었다. 아름다운 희생이었다.

그때, 한 남자가 물었다. "착한 소년, 도움이 필요한데 저 좀 도와주시겠어요?"

남자뿐이 아니었다. 남자에게 길안내를 해주고 나면 다음엔 여자가, 아저씨가, 아줌마가, 학생이, 형이, 누나가, 동생이, 자꾸만 자꾸만 사람들이 물었다. "착한 소년, 도움이 필요한데 저 좀 도와주시겠어요?" 그리고 사소한 도움을 받고 나면 그들은 말하는 것이었다. 너는 참 아름답다고. 너는 참 착한 소년이라고.

그렇게 열 명, 스무 명, 서른 명…… 많은 사람들이 베니의 소식을 전해왔다. 나는 그들이 전해온 소식으로, 베니가 동두천에서 출발해 창동역을 거쳐 혜화동을 지나 어떻게 숭례문까지 이동했는지 행적을 짚어나갈 수 있었다.

베니는 그때 무슨 생각을 했을까.

*

아무래도 이상하다고, 베니는 생각했다.

이게 다 무슨 일일까. 도대체 무슨 장난일까. 사람들이 왜 자꾸 도움을 청하는 걸까. 몰래카메라라도 찍고 있는 걸까. 숭례문에 일찍 도착해 동향을 살피고 숨어 있으려던 계획은 이미 틀어졌다. 무언가 있다. 여기에는 무언가가 있다.

숭례문으로 가까이 갈수록, 무슨 일인가 벌어지고 있다는 예감은 분명한 사실로 다가왔다. 숭례문 앞쪽에 사람들이 웅

성웅성 모여 있는 모습이 보였다. 작은 불꽃들이 흔들리는 것도 보였다. 촛불집회라도 열린 건가. 하지만 촛불집회라기엔 규모가 작았다. 불, 그것은 자신의 소명이었다. 불을 나르는 프로메테우스라도 된 기분으로 결의를 다지며 왔는데, 비록 작지만 이미 숭례문 앞에서 흔들리는 불꽃을 보니 누군가 자신이 해야 할 일을 가로챈 것 같기도 했다.

그때, 조금 전에 길안내를 부탁한 남자가 베니를 스쳐지나가며 말했다. "고마워요. 덕분에 컵케이크도 먹고." 남자의 손에는 컵케이크가 들려 있었다. "지금 숭례문 앞에 가면 컵케이크를 나눠주는데, 당신도 가서 먹고 가요. 좋은 정보 알려줬으니까, 이번엔 내가 착한 소년이죠? 핸드폰 있으면 핸드폰 좀 줘봐요." 베니는 얼결에 핸드폰을 건넸다. 남자가 베니와 함께 사진을 찍은 후 베니에게 돌려주며 말했다. "트위터에서 천 개의 컵케이크 축제라고 검색해봐요. 그리고 베니 굿맨의 컵케이크 사이트에 이 사진과 만난 장소와 시간, 내가 왜 착한 소년인지 간단한 사연 남기면 저기 가서 컵케이크를 나눠주니까 가서 받아가요. 이왕이면 좋은 일은 나누고, 맛있는 건 여럿이 함께 먹어야죠. 잘 가요 착한 소년." 남자가 그렇게 말하며 손을 흔들고 사라졌다.

천 개의 컵케이크 축제라니.

베니는 트위터에 접속해 '#천개의컵케이크축제'라는 해시태그를 입력했다. 그리고 무슨 일인지 알게 되었다. 언젠가 말했던 천 개의 컵케이크 축제가, 펼쳐지고 있는 거였다. 이미 선착순 백 명은 끝났지만, 천 개의 컵케이크 축제는 계속 이어지고 있었다. 정말 천 명이 되고, 만 명이 될 수도 있을 것 같았다. 베니는 트위터와 인스타그램에 달린 수많은 글들을 보았다. 그중에는 오늘 만났던 시인이, 배우가, 아이 엄마가 올린 베니의 모습도 있었다. 11시 55분. 이 시간까지도 또다른 베니, 또 다른 착한 소년들의 사연이 새롭게 올라오고 있었다. 축제는 끝나지 않고, 이 밤도 끝나지 않고, 세계는 5분 후에도 결코 문을 닫지 않고, 영원히, 계속될 것 같았다.

숭례문으로 가까이 다가갈수록 컵케이크를 손에 든 사람들이 더 많이, 더 자주 보였다. 그들은 작은 행운에 모두 행복해 보였다. 달콤함을 나누며 웃고 있었다. 아주 작은 컵케이크 하나일 뿐인데. 멀리 패거리들이 모여 있는 모습이 보였다. 테이블에 컵케이크를 가득 쌓아놓고, 초를 꽂아 불을 밝혀놓고 있었다. 천 개의 컵케이크 축제, 베니만의 축제를 벌이려고 했는데 이미 숭례문 앞에서 천 개의 컵케이크 축제는 열리고 있었던 거였다.

갑자기 온몸을 팽팽하게 감싸고 있던 긴장이 풀렸다. 베니는 그 자리에 주저앉았다. 오늘 자신이 해온 일들, 자신에게 부탁해온 사람들, 작은 선행에 고마워하고 감사하고, 너는 참 착한 소년이라고, 너는 참 아름답다고 말해주던 사람들. 그 사람들의 얼굴이 하나씩 어둠 속에 떠올랐다.

나는 무얼 하려고 했던 걸까. 무얼 잊고 있었던 걸까. 아주 작은 것. 작지만 아름답고 달콤한 것. 컵케이크 같은 그것. 진짜, 혁명.

"아 유 오케이?"

어디선가 질문이 들려왔다. 베니는 고개를 들어 보았다. 한 나이든 백발의 외국인이 베니를 내려다보고 있었다. 그가 걱정스러운 듯 다시 물었다. "아 유 오케이?" 베니는 습관처럼 대답했다. "아임 파인 땡큐. 앤드 유?" 베니가 기억하는, 자신 있는 유일한 영어 회화 문장이었다. 그러자 외국인이 대답했다. "아임 파인." 그러나 자신은 괜찮더라도 여전히 베니가 걱정스러웠는지 다시 물었다. "앤드 유?" 베니는 다시 한번 대답했다. "아임, 아임 파인 땡큐. 앤드 유?" 처음, 영어 회화를 배울 때 열심히 외웠던 질문과 답변. 습관은 오랜 시간이 지나도 쉽게 사라지지 않았다. 되풀이되고, 반복되었다.

습관처럼 중얼거린 말이, 새삼 베니를 울게 했다. 나는 진짜 파인하지는 않았지만, 그러나 물어봐주는 마음에 땡큐했고 그리고 상대의 안부를 물었다. 나는 괜찮으니 당신은 어떠냐고, 물어볼 수 있는 마음. 그것이 단순한 언어습관이라도, 아니 결코 버려지지 않는 습관이기에 더욱, 그것은 중요한 것이었다. 모르는 타인에게 괜찮으냐고 질문을 던질 수만 있으면, 나는 아직 괜찮은 거라고, 진짜 파인한 거라고, 베니는 생각했다. 어쩌면 그러니까 나의, 우리의 아름다움 역시, 재건될 수 있을지 모른다고.

그리고 베니는 사라졌다.

에필로그

세상은 점점 더 나쁜 쪽으로 변하는 것 같다. 내가 할 수 있는 일은 아무것도 없다. 나는 실시간 뉴스를 다루는 한 인터넷 언론사에 들어갔는데 클릭을 유도하는 자극적인 타이틀을 뽑는 데 탁월한 재능이 있다는 평을 듣고는 했다. 한 연예인은 인스타그램 스토리에 내 기사와 사진을 박제해두기도 했고 나는 한동안 그 연예인의 팬들로부터 메일폭탄을 받아야 했다. 데스크는 좋아했다. 논란의 중심이 되는 것은 오늘날 그 자체로 선이었다. 소재를 찾아 커뮤니티를 기웃거리며 남의 사연들을 아무렇지 않게 각색하다가 때로는 창조 논란을 만들기도 했다. 두번째, 세번째 베니를 만들어 무대 위에 올렸다가 끌어내려 발길질당하게 만들기도 했다. 그러면서 죄짓지 않은 자만 내게 돌을 던져라 같은 말을 웅얼대며 세상의 이치가 그런 거라고, 나쁜 세상은 그렇게 나쁘게 돌아가는 법이라고 자위했다. 그 나날 중에, 내가 만난 진짜 베니의 이야기를 이제 해야겠다. 그것이 이 긴 글을 쓰게 된 이유니까.

그날, 나는 광화문의 한 카페에 앉아 수진이를 기다리고 있었다. 내가 쓴 기사 하나로 한 소규모 공방의 문을 닫게 만들었다는 것을 확인한 오후였다. 어쩔 수 없었다고, 나는 자책하지 않기로 했다. 나에겐 아주 작은 힘이 있었는데, 그것은 나쁜 것을 더 나쁘게 만들 정도의 힘이고 나쁜 것을 좋게 바꿀 만큼 큰 힘은 아니라고. 내가 가진 힘을 조금 사용하는 게 뭐 그리 잘못된 일이냐고. 그러나 아니었다. 아니라는 걸 알고 있었다. 내가 가진 아주 작은 힘을 나쁘게 사용하기로 결정한 건 나였다. 그런 작은 결정들이 세상을 나쁘게 만들고 있었다. 이쯤에서 멈춰야 한다는 걸 알고 있었다. 그러나 언제나, 나는 멈춰야 할 때를 자주 지나쳤다.

차가운 녹차를 마시며 카페에 비치된 잡지를 넘겨보고 있는데 카운터 앞 테이블에 야구 모자를 깊숙이 눌러쓴 누군가 와 앉았다. 통화중인 그의 그 목소리가 어쩐지 귀에 익었다.

"중요한 건 말이야, 처음에는 나도 그게 어떻게 하면 남보다 잘 살 수 있을까, 그런 건줄 알았어. 근데 질문을 계속 던지다 보니, 결국엔 다른 사람들도 이런 질문에 도달하게 된다는 사실을 깨달았어. 어떻게 하면 같이, 잘 살 수 있을까? 다 함께 아름다운 세상을 만들 수 있을까? 그러니까, 진짜 아름다움이란 무얼까?"

띄엄띄엄 들리지만, 그 목소리는 분명히 그렇게 말하고 있었다. 나는 잡지를 보는 척하며 통화 내용에 귀를 기울였다.

"사람은, 그래, 결국 사회적 동물이거든. 그리고 대단히 약하고 욕심이 많은 이기적인 동물이고. 그래서 혼자만 잘 사는 것으로는 만족을 못하는 거야. 혼자서 아무리 잘 살아도 남들이 잘 못 사는 꼴을 보면 자기 마음이 불편해지니까. 혼자 잘 사는 걸로는 만족을 못하고 다 같이 잘 살기를 바라게 되는 거야. 이 세상이 자신으로 인해 더 아름다워지기를 꿈꾸는 거지. 그러니까 우리는 사람들의 욕망, 더 아름다운 세상을 만들려는 사람들의 욕망을 꿰뚫어보면 되는 거야. 아름다움을 추구하는 건 인간의 본성이고, 인간을 살아남게 하는 지독히 섹시한 쾌락이란 결국 윤리적이고 도덕적인 거거든. 문제는 생존이고, 그것이 인류 공통의 문제가 된 이상 사람들은 살아남기 위해, 수직선에서 눈을 돌려 수평선을 바라볼 수밖에 없게 된 거야. 이 시대 지독한 쾌락은 결국 선을 추구할 때에만 얻을 수 있다는 걸, 알게 된다는 거지."

익숙했다. 익숙한 말이었다. 어디선가 들어본 말들. 그것은 모두 요한이 했던 말이고 베니가 했던 말들이었다. 나는 모자를 눌러쓴 목소리의 주인공을 찬찬히 살폈다. 얼굴이 잘 보이지 않긴 했지만 티셔츠에 청바지를 입은 그 모습은, 아무리 많아 봐야 20대 초반으로밖에 안 보였다. 베니는 서른두 살이 되었을 터였다. 베니는 아니었다. 베니일 리가 없었다.

그때 수진이가 들어왔다. 수진이는 나와 눈인사를 나누더니, 나를 지나쳐 베니일지도 모르는 그 남자의 테이블로 다가갔다.

"어, 누나!"

남자가 알은체를 했다. 수진이는 나와 같은 서른 살이었다. 베니라면 누나라고 부를 수가 없었다. 내가 두 사람의 모습을 쳐다보자 수진이가 남자를 끌고 와 내게 소개했다. 야구 모자를 푹 눌러쓴 남자의 얼굴에 순간 당황한 빛이 어리는 것 같았지만 이내 아무렇지 않게 환하게 웃으며 말했다.

"처음 뵙겠습니다."

역시 베니가 아니었다. 시간이 지나긴 했지만 베니라면 나를 못 알아볼 리가 없었다. 베니와 닮은 사람일 터였다. 그렇게 인사를 나눈 후, 남자는 주문한 음료수를 들고 카페를 나갔다.

"혹시 저 친구, 몇 살이래?"

나가는 남자를 보며 나는 수진이에게 물었다.

"스물 둘이라던가. 잘생기긴 했는데 좀 나이 들어 보이는 스타일인가봐. 어디 해외 자원봉사 갔다 왔다던데 햇볕을 많이 받아서 그런가. 그래도 되게 착해. 우리 상가에 있는 그리스 식당 알지? 지난달부터 거기서 아르바이트하는데 재가 주도해서 우리 상가 사람들이 같이 봉사 모임도 조직했어. 행복한 왕자의 날이라고, 한 달에 한 번씩 행복한 왕자가 되어 재능기부를 하는 거야. 양로원 가서 미용도 해주고 독거노인들 영정사진도 찍어주고 도시락 배달도 하고 고아원에 컵케이크도 선물하고."

"나이가 스물둘이라고?"

"응. 인터넷으로 무슨 프로젝트도 진행한다던데, 혹시 슈가보이 프로젝트라고 들어봤어?"

나는 웃었다.

"왜 웃어? 조금 유치한 거 같아도 순수하고 모두에게 좋은 소년이야."

그는 베니였다. 지금 부르는 이름은 달라졌을지 몰라도 그는 베니였다. 그리고 여전히 소년이었다. 모두에게 좋은 소년.

소년은 자란다.

소년은 자라서 소년이 되었다.

그것은 내가 꾸는 꿈인지도 모른다. 베니가 어디선가 잘 살고 있기를, 여전히 베니답게 아름다운 소년으로 살고 있기를 바라는 나의 꿈인지도 모른다. 베니에게만 시간이 천천히 지나갈 리가 없었다. 그러나 나는 그가 베니라는 것을 믿었다.

창밖을 내다보니 자선바자회가 열리고 있었다. '당신의 쓸모를 나누어주세요'라는 플래카드가 붙은 천막 안으로 베니가 들어가 음료수를 나눠주는 모습이 보였다. 행복한 왕자 같다고, 나는 생각했다.

수진이가 소개해줬던 베니는 다음날, 해외 봉사활동을 간다고 가게를 그만두었다고 했다. 그가 진짜 베니였을까? 나는 모른다. 다만 나는 그날 이후 온라인 언론사를 그만두고 진짜 아름다움을 찾는 소년 베니의 이야기를 적어나가기 시작했다.

글을 쓰면서, 나는 좋은 소설이란 끝에서 캐릭터가 어떤 식으로건 변화해야 한다는, 내면의 변화를 겪으며 최종적으로 자신의 변화를 확인하는 과정을 거쳐야 한다는 이야기를 읽었다. 내 소설의 주인공 베니는, 그러나 변함이 없다. 이 글은 좋은 소설이 되지 못할 것이다. 주제는 뻔하고, 스토리는 진부하고 캐릭터는 유치한 신념으로 일관되어 있다. 그러나 좋은 소설이 되지 못한다 해도, 변하지 않는 인물에 대한 이야기가 하나쯤 있어도 좋지 않은가, 나는 생각했다. 그러나 실은, 베니도 변화했다. 서른 살이 넘어도 여전히 스물두 살의 베니가 되기 위해 베니는 스물넷에도, 스물일곱에도, 누구보다 더 열심히 변화하고 변태했을 터였다. 변하지 않기 위해 소년은 지금도 변화하는 중일 터였다. 이런 게 나쁜 소설이라면 나는 이 소설이 더 나쁜 소설이기를 원한다. 이것은 다만 아주 먼길을 돌다가도 문득 생각나는, 아주 어린 날 읽었던 잃어버린 그림책 속의 한 소년에 관한 이야기일 뿐이다.

우리는 모두 무대에서 내려왔다. 무대 위에는 혁명이 있고 웃음과 눈물이 있지만, 화려한 조명과 극적인 클라이맥스와 카타르시스가 느껴지는 결말이 있지만, 그것은 한여름 밤의 꿈일 뿐, 무대 아래 진짜 삶이 있다고 생각했다. 진짜 삶이란 매우 심심하고 시시한, 그래서 지속가능한 것이라고 믿었다. 그러나 베니는 그렇지 않았다. 베니에게는 무대 위의 삶만 있을 뿐이었다. 그가 따르는 건 슬로건이나 깃발이 아닌, 다만, 지루하게 반복되는 혁명의 삶 그 자체였다. 혁명은 실패했다. 그러나 실패했기 때문에, 베니의 혁명은 결코 끝나지 않는다.

수진이에게 원고를 보여주었더니 수진이는 베니의 이야기가 너무 뭐랄까 조잡한 올드패션이라고 말하며 조금 웃었다. 내게 이런 소년의 감성이 남아 있는지 몰랐다면서. 내가 너무 때늦은 이야기를 하려다보니 유치해지는 문장을 통제하지 못한다고도 했다. 그 말이 너무 정확한 비평이라서 나는 같이 웃었다. 원고를 들고 수진이와 함께 광화문 앞의 카페를 나오다가, 벽에 붙어 있는 폴라로이드 사진들 속에 숭례문을 배경으로 내 뒷모습이 찍혀 있는 것을 보았다. 글이 잘 써지지 않을 때면 종종 복원된 숭례문을 보러 가서 한참을 서 있다 돌아오곤 했는데 그때 누군가 찍은 모양이었다. 누가 찍은 걸까. 나는 사진을 떼어내어 뒤로 넘겨보았다.

베니의 초상. 아임 파인 땡큐, 앤드 유?

나는 고개를 들어 창밖을 보았다. 누군가 나를 지켜보고 있다. 외부의 시선들은 나를 억압하는 동시에 끊임없이 자유를 갈구하게 만드는 것으로 나를 성장시킨다. 나를 감시하는 가장 무서운 시선, 그것은 내 안의 소년인지도 모른다. 나는 내 안의 소년에게, 내가 보여줄 수 있는 가장 순수한 미소를 지어 보였다.

"왜 웃어?"

수진이 사진을 빼앗아 보며 고개를 갸웃했다.

"이건 자기 사진이잖아? 근데 왜 베니의 초상이라고 적혀 있어?"

"글쎄. 사람을 잘못 봤나봐."

"혹시,"

"응?"

"아니야."

"왜?"

"아니 그냥. 자기가 이야기 속의 베니일지도 모른다는 생각을 했어."

"그럴 리가."

"그렇지?"

"응. 베니는 소년인걸. 모두가 어른이 되어도 세상 어딘가에 남아 있는, 모두에게 좋은 소년."

(그는, 찍었을까?)

해설

위선僞善의 미학

선우은실(문학평론가)

망해가는 현실에 대응하는 방법

신종 사기 범죄, '딥페이크' 제작 및 유통, 불법 촬영, 혐오 폭력 등. 매일 뉴스를 보는 게 정신적으로 부담이 될 정도로 어마어마하게 나쁜 세상에 우리는 살고 있다. 인간과 공동체를 차마 신뢰하기 어렵게 만드는 사건들이 어쩌면 이다지도 매일같이 그것도 갈수록 심각한 수준으로 벌어지고 있는 건가 한탄하며 매일의 소식을 접하고 있자면, 과연 이런 일들이 이전보다 더 많아진 건지 아니면 이전에도 이만큼은 발생했는데 다만 그것이 전달되는 양이 압도적으로 많아진 건지 구분하는 것조차 어렵게 느껴진다.

하나 아마도 둘 다일 가능성이 높다. 범죄는 사회 변화와 기술의 발달에 빠르게 적응함에 따라 각종 '신종 범죄'로 변모하면서 범죄 대상과 범주를 신속하게 넓히고 있다. 또한 이에 대한 소식은 신문뿐만 아니라 각종 SNS와 같은 개인적이고도 보편적인 매체를 통해 빠르게 전파되므로, 더욱 자주 그리고 빠르게 사람들에게 노출된다. 그러니 이전에도 크고 작은 범죄는 있었고, 다만 그것이 시대의 변화에 발맞춰 증가했으며, 그런 소식의 노출 빈도가 높아진 세상 속에 우리는 살고 있다. 결과적으로, 점점 더 나빠지는 세계에 우리가 살고 있다는 사실만큼은 분명한 듯하다. 그렇다면 우리 사회는 이제 모두를 불신하고 증오하며 좀체 신뢰 같은 것을 회복할 수 없는 아주 망해버린 길을 미래로 맞이할 일만 남은 걸까?

범죄의 가시화는 분명 공동체의 전망을 우울하게 상상하도록 만드는 한 조건이기는 하지만, 반드시 우울한 결과이지만은 않다. 특정 범죄가 가시화됨에 따라 그에 대한 보도가 많아졌다는 것은 과거에는 '범죄'로 명명하지 않은 불분명한 문화적 관습 속에서 묵인되었던 위협 행위가 현재에는 분명한 '범죄행위'로 인식된다는 것을 의미한다. 즉, 과거부터 존재했지만 범죄로 취급하지 않았던 것이 분명한 '범죄행위'로 판명됨에 따라 문제적 행위로 보도되고 있는 것이다. 그러니 어떤 종류의 범죄에 대한 심각성이 자주 언급된다는 것은 그에 대한 사회적 인지 수준이 높아지고, 그에 대한 해결 방안을 궁구해야 한다는 문제의식이 형성되고 있다는 뜻이기도 하다.

그러나 이러한 사회적 요청에도 불구하고 공공 차원에서 이 문제를 해결하지 못하면 공동체에 대한 불신의 문제는 잠식되지 않는다. 그렇게 되면 인간적 가치를 수호하고 실현하는 공공의 질서를 신뢰하는 것이 불가능해지고, 그에 따라 사적인 형태의 정의(正義)를 실현하고자 하는 목적하에 사적 복수가 정당화된다. 일면 대안적 성격을 띠는 것처럼 보이는 사적 정의(이자 사적 복수)의 실현은 법의 의지와 완전하게 어긋나 있지는 않다는 점에서 법의 윤리와 같은 테두리를 공유하는 듯 보인다. 그러나 법을 위시한 공권력이란, 공동체의 개개인이 서로의 자유를 침해하지 않고 공공선을 유지하기 위해 '공공'이라는 이름에 일임한 권위인바, 사적 정의 실현은 공공의 힘이 공동체 가치 수호에 실패했음을 방증한다. 즉, 사적인 정의 구현이란 종종 사적 '복수'의 성질을 띠면서 특정인에 대한 응분의 정당성을 호소하지만, '개인적 맥락'을 반드시 필요로 한다는 점에서 정의의 구현과 대립될 수밖에 없다.*

* 이와 관련해서는 질리드 바 엘리·데이비드 헤이드의 『복수는 정의로울 수 있는가, 정의롭지 않다면 적어도 정당화될 수 있는가?』(신우승 옮김, 전기가오리, 2024)의 논의를 참조. 해당 논의에 따르면 "복수는 감정에 북받쳐 있고, 개인적이고 자발적(때로는 충동적)이며, 개인 특이적 본성을 띠지만, 정의는 냉정하고, 비개인적이고, 규칙에 의해 지배되고, 보편적이며, 보편화 가능하다"(14쪽)고 본다. 복수에서는 '개인적 맥락'이 중요한 대신 보편 규범적 권위를 요청하지 않지만, 정의는 공동의 규범에 기대고 있기에 "정당해야 한다는 기대"(15쪽)를 불러일으키는 '사회적인 것'이다. 따라서 복수와 정의는 서로를 충족시키지 못하는 긴장 관계를 유지하며 양립한다.

실례로 불법 촬영에 대해 일종의 '자경단'을 자처한 유튜브 채널이 있다. 불법 촬영은 많은 경우 피해 사실조차 모른 채 걷잡을 수 없이 유포되고, '딥페이크' 등 다른 범죄에 악용되는 까닭에 범죄 자체를 차단하는 것이 중요하다. 그러나 이에 대한 단속 기준이 불분명한 까닭에선지, 한 유튜버는 범죄 현장에 대한 근거를 명분으로 불법 촬영자의 행보를 촬영하고 그를 붙잡아 경찰에 넘기는 형태의 '콘텐츠'를 제작하기 시작했다. 경찰 제복을 입은 캐릭터를 아이콘으로 삼는 모습에서 알 수 있듯, 불법 촬영물을 불법 촬영물로써 응징하고 개인적으로 콘텐츠화하는 이 일련의 행위는 공익에 기여한다는 정당성을 주장한다. 그러나 이는 '공공선'에 대한 많은 사각지대를 은폐한다. 앞서 언급한 바와 같이, 공공선 실현이 사적으로 수행된다는 것은 공권력의 위기를 의미하는(초래하는) 것이자, 어떤 면에서는 사적인 복수로서 정의를 실현한다는 (불가능한) 공공질서의 재구축을 정당화하기 때문이다.

하지만 이런 콘텐츠가 몇만의 조회수를 기록하고 있으며 꾸준히 제작되고 있다는 사실은, 속수무책 악행에서 벗어날 길 없는 이런 사회를 조금이나마 살 만한 곳으로 만들고 싶다는 의지가 개입하고 있음을 알려주는 것이기도 하다. 그러므로 우리는 어떤 모순적 상황에 놓여 있는 것이다. 점점 더 나빠지는 세계에 하릴없이 종속되느니 사적이거나 위선적일지라도 인간적 선(善)을 추구하겠다는 의지를 드러내면서 말이다.

박지영의 소설 『컵케이크 무장 혁명사』는 바로 이러한 문제의식을 촉발하는 선에서 시작된다. 기존의 시스템에 기대는 것만으로 인간이 더 나아질 기미가 없다면, 우리는 그저 퇴색해가는 인간적 가치를 받아들이면서 순순히 실패한 존재로서 우리 자신을 받아들일 것인가? 아니라면 개인의 욕망을 실현하는 데 그 궁극적인 목적이 있다 하더라도, 즉 위선의 형태를 위시해서라도 공공선을 구축하는 사적인 행위를 통해 '아름다운 세계'로의 변혁을 추구할 것인가? 위 선택지 가운데 하나에 정당성을 부여하기 이전에, 명백히 각각의 피치 못할 결함이 있는 선택지가 주어진 구조적 상황 자체가 문제임은 자명하다. 그러나 그 구조 자체를 단번에 변혁하는 것이 어렵다면, 그래서 순전히 개인적인 욕망에서 비롯된 '위선'의 실천을 선택하기로 결심했다면, 그것은 어떠한 혁명성을 촉발하며 또 어떠한 방식으로 쇠락을 초래할 것인가? 소설은 이렇듯 '흥망성쇠'라는 결과가 이미 내재된 선택지임에도 불구하고 그것을 실현하지 않을 수 없는 이들을 한데 집결시킨다.

개인적 욕망과 대의, 위선과 위악 사이를 오가며

> 사람은, 그래, 결국 사회적 동물이거든. 그리고 대단히 약하고 욕심이 많은 이기적인 동물이고. 그래서 혼자만 잘 사는 것으로는 만족을 못하는 거야. 혼자서 아무리 잘 살아도 남들

이 잘 못 사는 꼴을 보면 자기 마음이 불편해지니까. 혼자 잘 사는 걸로는 만족을 못하고 다 같이 잘 살기를 바라게 되는 거야.

_「에필로그」에서

소설이 '위선'을 다룬다고 이야기했지만, 사실 이 소설은 위악에 대한 것이기도 하다. '위선'이란 실제로는 다른 의도를 가지고 있음에도 선한 것을 위시함을 뜻하는데, 소설 속 인물이 지닌 각자의 개인적 욕망 자체를 공동의 선(善)이라는 대의를 앞세워 실현하고자 하는 행위 자체가 바로 그러한 위선에 해당한다. 그러나 소설은 이들의 '정의로운 행동' 속에 내재된 개인적 욕망을 간파하는 서술자 '준'을 중심으로 중후반부 서사를 이끌어감에 따라 그 '개인적 욕망'의 정체를 낱낱이 진술한다. 다시 말해, 준의 시선을 관통하면서 개인적 욕망을 대의로 둔갑시키는 인물들의 행위가 모종의 위악적 성격을 띠고 있음 또한 동시에 가시화된다.

이들의 위선이 실은 위악적인 것이기도 하다는 사실은, 이들의 행위가 실은 선함에 대한 욕망에서 비롯된 '악한 체'라는 의미로 해석된다. 이들의 개인적 욕망(베니의 인정욕, 타라의 과시욕, 요한의 명예욕)을 '대의'로서 실현하고자 하는 것의 더 이면에는 그들이 진정 서로를 있는 그대로 존중하는 더 나은 사회에 대한 욕망이 자리하고 있다는 의미일 테다. 그러므로

'인간의 선함에 대한 신뢰'가 최초 욕망의 발원지이되, 그에 대한 욕구가 좌절됨에 따라 개인적인 욕망으로 그 모습이 갈음되었으며, 이를 위선적이자 위악적으로 실천하는 것이 곧 개인적 욕망을 교묘하게 대의적인 방식으로 교체하는 일인 것이다. 소설의 처음, 인물들의 위선을 보며 불편했던 감정이 서서히 그들에 대한 연민과 이해의 여지로 변화해가는 까닭 역시 '선의'의 혁명 행위를 둘러싼 두 번의 겹 구조에서 비롯된다.

이러한 점을 고려하면 규명되어야 하는 부분은 크게 두 가지다. 이들이 의식하고 있는 '개인적 욕망'의 실체, 그리고 그 이면에 있는 '인간의 선함'에 대한 그들의 믿음. '컵케이크 혁명사'를 통해 이들의 욕망이 어떻게 위악과 위선의 모습으로 거듭 뒤집히며 그들이 갈구하고자 하는 가치를 바라보도록 만드는가가 이 소설을 읽어나가는 주요한 질문이 될 것이다.

소설의 주인공은 단연 베니다. 베니는 자신이 지닌 아름다움이 최대의 공공선이 될 수 있다고 믿는다. 베니는 "진정한 아름다움이란 윤리적이며 도덕적인 것"(20쪽)에서 오며, 아름다운 자신이 그러한 선행을 베푸는 행위 자체가 하나의 공공선에 수혜하는 일이라 자인한다. 베니에 대한 묘사가 집중되어 있는 소설의 초반부, 소설을 장악하는 관점인 3인칭 서술자가 베니를 교차 서술하고 있기에 독자는 '흠결 없는 아름다운 외모'를 최상의 가치로 나누어주는 베니의 서술을 의심할 필요는 없다. 그러나 이 3인칭 서술자는 베니의 내면을 보여주되 그것이 진짜 어떤 마음을 숨기고 있는지에 대해서는 말해주지 않는다. 즉 베니가 알고 베니가 느끼고 베니가 이해하는 것까지만을 숨김없이 보여준다. 그러므로 독자는 그 사실 이면에 어떠한 진실이 놓여 있는지 조금 더 궁구해나가야만 한다.

아름다운 외모를 지닌 자신이 선행을 하는 것이 곧 아름답지 못한 사람들에게 선한 가치를 나누어주는 일이라는 믿음. 이를 굳게 믿고 실천하는 베니의 욕망은 어딘가 뒤틀려 있다. 이를 숨김없이 드러내고 판단하는 인물은 '준'이다. 우연하게도 베니의 뒤틀린 '선행'을 촬영하게 된 준은 자신이 찍은 사진을 매개로 베니, 요한, 베티, 타라와 만나게 된다. 준은 베니를 중심으로 모인 사람들을 보며 그들 각자가 베니에게 투영한 개별적 욕망을 바라본다. 타라는 자원봉사를 통해 자신이 사회적으로 '더 나은 가치를 실천하는 사람'이라는, 다른 사람과는 차등하게 더 나은 자기 자신에 복무하고자 하는 욕망을 실현하려는 인물이다. 요한은 이를 일종의 '쁘띠성형'이라고 말한다. 과하게 티내지는 않으면서, 인공적인 자연스러움을 통해 타인과 자신을 다른 '아름다운' 존재로서 계급화하는 방법이라는 의미다.

한편 타라를 간파하는 듯 말하는 요한에게도 자신만의 '쁘띠성형', 즉 타인과 자신을 차별화하기 위해 위시하는 가치체계가 있다. 그것은 바로 격언을 통한 명예의 회복이다. 요한은 어디선가 들은 것 같은 격언이나 명언, 철학서의 한 구절 같은 것을 인생의 진리처럼 주워섬기고 티셔츠를 제작해 판매한다. 그런 식으로 격언을 퍼뜨림으로써 요한은 자신이 진정 인생의 진리를 사람들에게 전파한다고 믿으며, 그것이 자신이 실천하는 선함의 미학이라 여긴다. 인생의 진리에 통달한 것처럼 구는 이런 식의 명예욕은 오로지 그 자체로 만족스러운 것이 아니라, 반드시 타인에게 전달되어 그들의 삶을 바꿀 수 있는 경구를 제안한 '나'로 거듭나야 만족된다. 요한의 이러한 욕망 또한 누군가의 필요에 응답하는 것이기보다는 그 자신을 위한 '뻐띠성형'인 것이다.

비교적 비중이 적은 인물이긴 하나 베티의 경우도 예외는 아니다. 이른바 '일류대학'에 합격했으나 스스로 준비가 되지 않은 것 같아 진학을 포기했다고 자언하는 베티에 대해 준은 "자신은 특별한 줄 알지만 그냥 남과 달라 보이고 싶어 하는 흔한 스무 살의 여자애"라 판단한다. 나아가 남들이 그토록 바라는 것을 거뜬히 손에 쥘 수 있는 능력을 지녔지만 자신의 또 다른 잠재력을 위해 그것을 '선택적으로' 포기한 자신의 역사를 "브랜딩 도구"(89쪽)로 활용한다는 점을 불편하게 여긴다.

이렇듯 인물들의 '뻐띠성형'은 준을 중심으로 모이고 판별되며 또 그 진실이 가시화된다. '아름다운 나'를 보여주는 것을 최상의 가치로 여기는 베니, '봉사하고 헌신할 줄 아는 나'를 자신을 미학적으로 분별하는 도구로 사용하려는 타라, '인생의 진리에 통달한 눈을 가진 나'로 시혜적 위치를 고수하고 싶어 하는 요한, '남들과는 다른 잠재력을 가진 나'라는 신자유주의적 주체성을 내면화한 베티. 이들은 '선행하는 아름다운 소년' 베니를 사회적 선(善)의 핵심적인 모델로 삼고자 한다. 그들은 베니가 선행을 하는 장면을 연출해 SNS상에 퍼뜨림으로써 '선한 인간의 가치'를 구축하겠다는 일념을 수행한다. 그것이 비록 그들 자신의 욕망을 위한 것일지라도, '결과적으로' 선한 것을 하는 게 아니냐는 논리 위에서 말이다.

글쎄, 과연 어떨까? 이들의 숨은 의도가 '선함'을 자기의 가치 실현을 위한 패션(fashion)처럼 활용하는 것일 뿐이라도, 얼마간 조작과 연출이 개입한 장면일지라도, 선함을 보여주는 것은 사람들에게 '좋은 자극'이 될 거란 결과론적인 성과에 이의를 제기하기는 쉽지 않을 것 같다. 그러나 일은 그렇게 단순하게 흘러가지 않는다. 이 프로젝트에 참여한 이 모든 구성원들은 자신들이 추구하는 '선함의 미학'이 자연발생적이지 않고 다른 의도에 의해 조작된 것임을 충분히 주지하고 있다. 그런 이상, 그들이 추종하는 것은 '공공선'이 아니라 '연출된 선'에 따라붙는 부작용에 또한 일조할 수밖에 없음은 자명한 사실이다.

이를 증명하듯 베니는 자신의 '흠결 없는 아름다움'에 균열이 생기는 것에 강박적으로 대응하기 시작한다. 무결한 아름다움에 흠집이 가기 시작하자 베니는 실은 자신이 남을 임의로 동정하고 자신만이 그를 구원할 수 있다는 전능감을 구현함으로써 대의적 존재가 될 수 있다는 뒤틀린 아름다움을 추구하고 있음을 준에게 고백한다. 이후 혁명의 국면은 달라진다. 준은 베니의 '괴물' 같은 모습이 곧 아름다움에 대한 집착을 만들어내고 있음을 알게 되고, 자신 또한 베니의 '아름다움'에 대한 미학에 현혹되었으나 그것이 곧 베니를 파괴하고 있는 만큼 그 '미학'의 실체를 직시한다. 어떤 '아름다움'에 의해 구원이 필요한 것은 사회가 아니라 베니 그 자신인 것이다.

처음, 완전무결하게 아름다운 사람이 흠결 없는 선행을 실천하는 모습 자체가 곧 하나의 선이자 덕이라는 것을 알리고자 했던 '컵케이크 혁명'은 점차 사람들이 선행의 추구가 아닌 악행의 응징을 더 원한다는 것을 알게 된다. 이에 혁명은 방향을 전환한다. 때마침 벌어진 베티의 성추행 사건을 계기로 그들은 사람들로 하여금 감춰진 악행의 의지를 수면 위로 유도하고 그것을 응징하는 장면을 촬영해 유포함으로써 '아름다움'의 또다른 미학인 '추한 아름다움', 위악의 위선을 정당화해 나가려 한다.

그러나 악행을 유도하기 위해 연출된 상황은, 이 '혁명'의 모든 단계에 가담하고 있는 이들에게도 영향을 미친다. 베니가 '괴물 같은 나'를 고백함에 따라 자신의 어그러진 모습을 숨기지 않고 그것 자체를 하나의 새로운 미학으로 둔갑시키는 거듭 뒤틀린 위선의 구조화에서 이 영향이 드러나거니와, 그들이 어떠한 상황을 '연출'해냄으로써 선행의 정당성을 부여하듯 누군가 그들과 같은 방식으로 자신을 바라보고 재단할 것이라는 의심의 눈초리에서 그 자신 또한 자유롭지 못하게 된 사연도 여기에서 비롯된다. 그들은 이제, 그들이 세상을 바라보는 방식으로 자신을 바라보게 된 것이다. 영어 교사에게 홀로 특별한 감정을 품었던 반장이 주변 친구들과 영어 교사 사이를 어그러뜨리고 마침내 컵케이크 혁명단의 '굿보이 프로젝트'를 개입시키며 자신의 욕망을 교사의 자살 시도로 결말지은 한 사건은, 이 꼬여버린 '혁명'에 결정타를 날린다. 결과적 선행 또한 악의적으로 도용될 수 있으며, 따라서 의도와 무관한 결과로서 '선의'란 종내 그 악의적 의도를 배반할 수 없다는 사실에서 그들은 도망칠 수 없다.

혁명의 끝, 혁명의 시작

이들의 '굿보이 프로젝트'이자 '컵케이크 혁명'은 '선의'라는 명목으로 타인과 자신을 구별 짓기 하려던 개인적 욕망의 뒤틀림에 기초한 이상, 패착을 가지고 시작했음을 더는 부인할 수 없게 되었다. 하나, 때론 뒤틀린 욕망이라 할지라도 결과적 선행을 추구했던 '좋은 사회 만들기' 프로젝트란 위선의 형태로도 불가능하다고 판결내리는 것으로 족한가?

앞서 이 인물들의 혁명 서사가 위선에서 위악으로 이행한다고 말하면서, 이들의 '개인적 욕망'의 기저에 또다른 욕망이 자리하고 있음을 짚은 바 있다. 3인칭 서술자의 객관적인 지위로도, 인물들의 사정을 총망라하는 역할을 맡은 '준'이라는 초점화자의 시선으로도 전부 드러나지 않은 보다 깊숙한 곳에 있는 '욕망'이란 과연 무엇인가?

베니가 자신의 아름다움을 드러내는 방식으로 '무흠결'에서 '흠결 그 자체'로 전회했다는 사실에 다시금 주목해보자. 베니의 이러한 전회는 컵케이크 혁명단의 이행 과정과 맞물린다. 아름다운 존재가 선행을 실천함으로써 획득한 '미학'에서, 악행을 처단함으로써 얻어지는 '미학'으로. 악행의 처단이란 나쁜 것을 가시화하는 것이기도 하기에, 선의 가시화에서 악의 가시화로 그 '아름다움의 미학'이 이동하고 있다고 해석할 수 있다. 베니가 자신의 아름다운 모습을 잃어감에 따라 '꾸며진 아름다움'에 강박적으로 기대고 있으면서 그 추함 자체가 자신에게 존재하고 있음을 어떻게든 하나의 미적가치로 승화시키고자 하는 것은, 이러한 위악이 결국은 욕망의 충족이 아니라 비틀림을 초래한다는 것을 보여준다. 그러니, 이제 극복해야 하는 것은 아름다움 그 자체로 긍정받지 못한 좀더 깊숙한 곳의 내면의 문제다.

소설이 이 문제를 돌파하기 위해 내어놓은 방법은 흥미롭다. 소설은 위선이든 위악이든 이들이 어떤 종류의 '선'을 추구하고자 한다는 사실 자체를 폐기하지 않으려고 한다. 한 주체가 추한 것과 선한 것을 동시에 가지고 있을 때 그중 하나에 가치를 부여하는 것이 아니라 그 둘 모두와 무관한 방식으로 (또는 바로 그 '무관함'이란 그 둘 모두를 인정하는 방식이라고도 할 수 있겠는데) 그 자체를 수용하는 것을 돌파구로 삼기 때문이다.

컵케이크 혁명이 패착의 지점에 이르고 그 사실에 절망한 베니가 숭례문 방화를 암시하는 글을 SNS에 게재한 뒤 자취를 감추자, 혁명단은 '천 개의 컵케이크 혁명'을 실행한다. 그 '혁명'의 내용이란 사람들에게 '굿보이'라는 티셔츠를 입은 베니를 찾아 실천 가능한 선행을 부탁하고 사진을 찍어 SNS에 올리면 컵케이크를 받을 수 있다는 것이다. 이 혁명의 요지는, 베니가 더는 남들보다 더 특별하고 위계적으로 더 나은 '미적 가치'를 지닌 존재라는 데 머무르도록 하는 것에 있지 않다. 아름다움을 증명하는 일과 별개로 자신의 내면에 '선행하는 사회의 필요성'에 대한 신념이 있음을 바라보고 수용할 수 있도록 만드는 데 있다. 자신이 '좋은 사람'으로 인정받을 수 있는 '차별화된 가치'를 지닌 존재로서 증명을 이어가지 않아도, 이미 충분히 사회적으로 가치 있는 사람일 수 있다는 것이다. 이는 가치의 '생산자'가 아니라 가치의 '수용자'로서 그 자신을 바라보게 만든다는 점에서 위선과 위악의 굴레를 빠져나올 수 있는 근본적인 부분을 건드린다. 그리고 바로 이 지점, 그 자신의 값어치를 증명하지 않고도 자신을 수용받는 것이, 베니와 혁명단이 갈구했던 '욕망'의 핵심이다.

그러므로 이들이 추구했던 결과론적인 '위선의 미학'이란 위선에서 위악으로의 전회를 거쳐, '더 나은 체'하지 않아도 그 자신 자체로 수용될 수 있음을 깨닫는 것에 있다. 이 사실에 주목하면서 처음 제시했던 진퇴양난의 선택지로 돌아가보자. 사회가 위선/위악을 종용함에도 위선하거나 위악하지 않고, 사회와 인간에 대한 신뢰를 회복할 수 있을까? 소설은 할 수 있다고 말한다. 어떻게 할 수 있을까? 남들보다 '나은' 무언가를 실천함으로써 남들보다 '가치 있는 인간'이 될 수 있다는 '위선의 신화'를 재생산하는 대신, 그 속에 무언가 증명하지 않고도 수용될 수 있는 인간적 가치가 모두에게 있음을 확인하는 것으로서 가능할 것이라고, 소설은 조심스럽게 말한다. 위선의 미학이란 종내 '변화하는 것'이다. 여기서 '변화'란 우리가 선한 가치를 추구하고자 할 때 그 속에 뒤섞여 있는 내밀하고도 뒤틀린 욕망을 회피하지 않고 제대로 마주보고 점검해나가는 것, 그럼으로써 조금 다른 사람이 되는 것이다.

> 글을 쓰면서, 나는 좋은 소설이란 끝에서 캐릭터가 어떤 식으로건 변화해야 한다는, 내면의 변화를 겪으며 최종적으로 자신의 변화를 확인하는 과정을 거쳐야 한다는 이야기를 읽었다.
>
> _「에필로그」에서

소설의 결말부에서 준은 베니에 대한 이야기를 소설로 쓰는 사람이 된다. 그는 좋은 소설이라면 캐릭터의 변화를 촉구해야 하지만 자신의 소설 속 베니는 변화하지 않았다고 단언하면서도, 현실의 베니는 끊임없이 변화하는 중이리라 예상한다. 어쩌면 준의 예상과는 달리 준의 소설 속 베니가 아닌, 준의 동료였던 베니는 변화하지 않았을지도 모른다. 그러나 적어도 우리는 변화한 캐릭터 한 사람쯤을 목격하는 중이다. 바로 베니를 경유하며 변화한 준의 이야기를 소설의 결말로서 마주했다는 사실이 그렇다. 그런 만큼 (베니는 어떤지 모르겠으나) 이 소설을 읽은 독자는 베니를 통해 우리 자신의 위선과, 사실은 추구해나가고 싶은 어떠한 '선'에 대한 갈망을 느끼게 되었을지도 모른다. 그것이 변화의 시작이라면, 이 혁명사의 끝에 새로이 시작되고 거듭 시작될 혁명의 조짐일 것이다.

작가의 말

나의 작은 혁명에게

2013년 봄에, 나는 이 소설을 쓰기 시작했다.

그해 봄, 장편소설 한 편을 문학상 공모전에 응모하고 돌아왔다. 가진 건 미래에 대한 불안뿐인 막막한 마음으로 할 수 있는 건 새로운 소설을 쓰는 일밖에 없었다. 다행히 집앞에 하루에 3백 원만 내면 하루종일 이용할 수 있는 공부방이 생겼고, 낮에는 이용자가 나밖에 없었기 때문에 마음놓고 글을 쓸 수 있었다. 오후부터는 학생들이 같은 공간에서 공부를 했기 때문에 키보드 소리를 낼 수 없어 주로 책을 읽었다. 그리고 그곳에서, 응모한 장편소설의 수상 소식을 들었다. 전화로 당선 소식을 듣고, 휴게실에 들어가 조용조용 기뻐하며 가족에게 연락하고, 그리고 이 좋은 날 뭘 하지, 뭘 하며 축하하지 생각하다가 나는 다시 자리로 돌아가 이 소설을 계속 써나갔다.

그때 내가 원한 건, 아주 착한 소설을 쓰는 것이었다. 그냥 대놓고 착한 이야기, 착한 사람들이 나오는 착한 이야기. 그러나 늘 그렇듯 그 바람은 실패하고 마는데, 나는 그때나 지금이나 착하다는 게 무언지 잘 모르거나 줄곧 오해하고 있고, 아마도 그래서 계속 착하거나 다정한 사람들과 구원에 대한 착하고 다정한 이야기를, 실패하는 방식으로 계속 써나가고 싶은 건지도 모르겠다.

그해 여름 이 소설은 완성되었는데, 애초에 내가 중점적으로 쓰고 싶었던 건 이런 사건들을 겪고 난 10년 후의 소년의 모습이었다. 그 이야기를 하려면 아주 긴 분량이 될 것 같아서 여기서도 후일담 형식으로 짧게만 나오게 되었지만, 소년이 자라서 10년 후에도 여전히 소년인 이야기가, 쓰인 지 10년 후에도 여전히 같은 모습인 채 세상에 나오게 된 거라고 생각하면 그것은 그것대로 나름 의미가 있지 않나 싶기도 하다.

더 고민하고 더 섬세하게 접근했어야 하는 10년 전의 거친 이야기들을 충분히 다듬지 못하고 책으로 내놓게 되어 무거운 마음이다. 선한 의도가 변질되는 과정을 그리기 위해 지나치게 나갔거나 모른 척 지나쳐버린 어떤 부분들은 이대로 세상 밖으로 내놓아도 되는지 여전히 조심스럽다. 그럼에도 포기하지 않고 지켜온 어떤 마음들 역시 이 이야기 안에 있다. 그것은 한없이 기쁜 날, 다른 하고 싶은 것도 할 수 있는 것도 없어서 앉아서 쓰던 글을 계속 이어 쓰며 지나온 어떤 하루 같은 마음.

그런 날들을 하루 또 하루 이어가며 여전히 잘 모르겠는 채로 자꾸 엉뚱한 길로 이탈하며 진창을 헤매더라도 함께 잘 살고 싶은 사람들이 잘 살아내는 이야기를 더 많이 써내고 싶은 마음. 그것이 아마도 10년 전에도, 지금도, 10년 후에도 변치 않을 나의 작고 달콤한 혁명이다.

박지영

2010년 〈조선일보〉 신춘문예에 단편소설 「청소기로 지구를 구하는 법」이 당선되어 작품 활동을 시작했다. 장편소설 『지나치게 사적인 그의 월요일』 『고독사 워크숍』, 소설집 『이달의 이웃비』 『테레사의 오리무중』이 있다. 2013년 〈조선일보〉 판타지 문학상을 수상했다.

컵케이크 무장 혁명사

초판 1쇄 인쇄 2024년 12월 13일
초판 1쇄 발행 2024년 12월 23일

지은이 박지영

편집 이경숙 정소리 | 디자인 윤종윤 이주영
마케팅 김선진 김다정 | 저작권 박지영 형소진 최은진 오서영
브랜딩 함유지 함근아 박민재 김희숙 이송이 박다솔 조다현 배진성 이서진 김하연
제작 강신은 김동욱 이순호 | 제작처 영신사

펴낸곳 (주)교유당 | 펴낸이 신정민
출판등록 2019년 5월 24일 제406-2019-000052호

주소 10881 경기도 파주시 회동길 210
문의전화 031.955.8891(마케팅), 031.955.2692(편집), 031.955.8855(팩스)
전자우편 gyoyudang@munhak.com

인스타그램 @gyoyu_books | 트위터 @gyoyu_books | 페이스북 @gyoyubooks

ISBN 979-11-94523-04-8 03810

· 교유서가는 (주)교유당의 인문 브랜드입니다.

이 책은 경기도, 경기문화재단의 지원을 받아 발간되었습니다.